2
OVERLAP
美月 麗
Author ● Rei Mitsuki
イラスト ● るみこ
Illust ● Rmeco
JN105970
カメラ先輩と世話焼き上手な後輩ちゃん
Camera - Senpai to Sewayaki Jyouzu na Kouhai - Chan

白宮雪希
しらみや・ゆき
Camera - Senpai to Sewayaki Jyouzu na
Kouhai - Chan

光が世界に満ちていく。
桜の花びらが、きらきらと輝きながら舞っている。
美桜の歌声が、みんなの心を感動させる。

「春日美桜」
かすが・みお

カメラ先輩と世話焼き上手な後輩ちゃん 2

美月 麗

Camera - Senpai to Sewayaki Jyouzu na Kouhai - Chan

2

もくじ

イラスト/るみこ

プロローグ■桜色の少女との出会い

真夏の夜。彩人は、月明かりの綺麗な海辺まで足を延ばしていた。

何のことはない、単なる気まぐれ。ただ、空に輝く満月と、共に瞬く星々があまりにも綺麗だったから、誘われるように家を出た——そうして、出会った。

桜色の少女

月のスポットライトを浴びて、少女が夜の海辺で歌っていた。

月と星々の灯りに輝き揺れる大海原に向かって、遠くどこまでも響く歌声で。

そうして……ひらり、はらりと、少女の周りを桜が舞っていた。

——夢、だろうか？

季節は、夏——桜が舞い散るはずがない。それでもたしかに、真夏の海辺の真ん中で、彩人は桜の花びらを見ていた。

「——」

美しい。幻想的な、この世ならざる少女の美しさに、彩人は時を忘れる。

流れるような桜色の髪、同じ桜色の瞳が月の光で宝石のように輝いている。淡い桜色のワンピースに包まれた華奢(きゃしゃ)な身体(からだ)は儚(はかな)げで、奏でるような声は澄んでいる。

桜の妖精が、夜の海に舞い降りたかのようだ。


——そして、おっぱい。おっぱいが、美しい。


桜舞う幻想的な世界で歌う少女と、そのおっぱいが、この世界の何よりも輝いて見えた。

鮮烈な衝撃が、無限の感動が、彩人の魂を突き抜け、天へと昇った。

思わず、ぶるりと身体が震える。

……その時、美しい歌声が途切れた。同時に、舞い散る桜もその姿を消す。

気づけば、少女がこちらを見ていた。

「……」

桜色の瞳に、彩人の姿が映っている。月明かりに輝くその瞳は、夜空に輝く星々よりも、美しいと感じた。彩人は、ゆっくりと少女に手を差し伸べる。まるで、王子が姫にそうするように。そして、彩人は叫んだ。

「——俺に、君のおっぱいを撮らせてくれ！」

全身全霊を捧(ささ)げ、魂から迸(ほとばし)る思いをそのまま言葉にする。

「……」

月明かりの中。一瞬、桜色の少女は息を呑む。そうして……スタスタスタスタ、がし！

「えっ」

かなり速めの足取りで歩み寄ってきた少女に胸元を摑まれたと思った瞬間、ぐるん！と景色が反転した。ついで、凄まじい衝撃が背中で爆発する。

「ごっはああ！！！」

いてえええええええええ！　普通に涙が出た！　いや、痛い！　マジで痛い！　ぎゃあああ！　一瞬、何をされたかわからなかったが、どうやら背負い投げをされたらしい。

「きゃ――――！　変態――――――！」

夜の闇を切り裂くような悲鳴を上げながら、少女は全力で逃げ出した。

……いや、そりゃそうだ！　何やってんだ俺ええええええ！

や、やばい！　早く、謝らないと！……と、思ったところで、彩人は気づいた。

あれ？　なんか、身体が動かない？　ていうか、投げられた時に、何か固い物が頭の後ろに当たったような……あ――そこで、彩人の意識は途切れる。

夏の夜の砂浜に一人横たわりながら、彩人はがくりと気を失った。

あとにはただ、静かな波の音が響くばかりだった。

1枚目■世話焼き上手な後輩ちゃんとアイドルになりたい後輩ちゃん

「……やばい」

　昼休み。今日も窓からきらきら輝く海が見えるカメラ部の部室にて。一人の少年が、ずうううううううううううううううううううん！　と落ち込んでいた。

　少年の名前は、神崎（かんざき）彩人。十六歳。いつも首からカメラを下げている、清風（きよかぜ）学園の高等部二年生。父はカメラマン、母は画家。先祖を辿（たど）れば有名な芸術家がちらほらいる家系に生まれた彼は、自らも最高の芸術を求め、日々研鑽（けんさん）を積んでいる。

　夢は――最高のおっぱい写真を撮ること。

　だが、今はそれどころではない。原因はもちろん、昨日の夜の出来事。感動のあまり、初対面の女の子に「おっぱいを撮らせてくれ！」と言ってしまった。

「よし、自首しよう！」

　決断した彩人は、勢いよく椅子から立ち上がった。罪悪感はマックス！　もはやじっとしていられない！　心底後悔しながら涙ながらに部室のドアを開け――

「失礼します」

　ようとしたら、いきなりドアが開いた。そして、よく見知った少女の姿が現れる。

「？　先輩、泣きそうな顔をしてどうかしたんですか？」

白宮雪希。ひとつ下の後輩で、カメラ部唯一の正規部員兼後輩ちゃん。銀色に輝くボブヘア、小さくて華奢な身体とつつましやかな胸。清風学園の制服を見事に着こなし、チャームポイントのアクセリボンが頭の片方で揺れている。「雪の妖精」「銀色の天使」と呼ばれるくらいに可愛い女の子。

「助手――――――――！」

彩人は悲鳴のように雪希のことを呼びながら、勢いよく土下座をした。

「すまん！　助手！　俺は、俺はとんでもないことをしてしまった！」

「……何をしたんですか？」

土下座する彩人を見下ろしながら、雪希は涼やかな声でそう尋ねる。万が一、彩人が顔をあげるとスカートの中を覗かれてしまうため、さりげなく一歩下がり裾を押さえながら。

「そ、それは……！」

頭を下げて床を見つめたまま、彩人にためらいが生まれる。

「……もしかして、知らない女の子におっぱいを撮らせてくれって言ったんですか？」

「ビンゴ！」

この後輩はエスパーなのだろうか？　一発で言い当ててきた！

「それも昨日の夜、海辺で歌っている女の子にそう言ったんじゃないですか？」

「そのとおりです！　いや何で知ってんの!?　見てたの!?」

あまりにも全てを見通しているので彩人がそう尋ねると、雪希はこう答えた。

「いえ、聞きました」

「え、誰に!?」

「本人に、です」

　——ひらり。

「っ」

　ひとひらの桜の花びらが、舞った。

　そこではじめて、彩人は雪希のそばに誰かがいることに気づいた。

——桜

——桜の花びらが、舞う世界に、

一人の、少女がいた。


「……はじめまして。春日美桜（かすがみお）です」

……桜色の綺麗な髪が陽（ひ）の光に透けている。同じ桜色の瞳は透明感が強すぎて、まるで宝石のよう。華奢で繊細な身体は女の子らしくて、とても愛らしい。まるで、桜の妖精のように幻想的で美しい女の子——

──美しい

彩人は、昨日の夜と同じように、その美しさに飲みこまれる。
心が、桜色に染められていく。とても心地よい感覚が広がる。
世界がまっ白になり、そこには自分と、桜色の少女だけがいる。

──そして、おっぱい。おっぱいが美しい。

気づけば、彩人は溢(あふ)れる感動のままに、少女に手を差し伸べていた。

「俺に、君のおっぱいを撮らせてくれ！」

…………。彩人が叫んですぐ、時が止まった。
そうして、一秒、二秒……時計の針の音がやけに大きく響いて、

「……この変態──────────────────！」

もの凄い声が響いた。それはもう、もの凄い声量だった。

「何やってんだ俺ええええええええええええええええええ！」

そして彩人も全力で後悔の叫びをあげる。美しすぎて、また我を忘れてしまった。

「雪希ちゃぁん！」

桜色の少女は涙目になって雪希に抱きついた。雪希はその頭をよしよししてあげる。

「あの、助手様！」

「何ですか、変態」

「はい、そのとおりです！　ですが、質問をさせていただきたいのですが！」

「どうぞ」

「こちらの女の子は!?」

彩人の質問に、雪希は引き続き女の子を慰めながら答える。

「彼女は春日美桜ちゃんと言います。ミナちゃんと同じで、小学校時代からの親友です」

「マジで申し訳ありませんでしたあああああああああああああ！」

彩人は全力の土下座で謝罪をする。失礼を働いた女の子は、大切な後輩ちゃんの親友だった。うん、俺、先輩やめよう！

「今朝、美桜ちゃんから話を聞いて……犯人は先輩だとすぐにわかりました」

「え、よくわかったな!?」

「この世界で、おっぱいを撮らせてくれなんて言う人は、先輩しかいません」

「そのとおりだ！」

簡単な事実に、彩人は頭を抱えた。

「なので、美桜ちゃんと一緒に先輩と話をしようと思いました。美桜ちゃんも、背負い投げしてしまったことを謝りたいと言っていたので……ですが」

「……」

「まさか、先輩が同じ過ちを犯すなんて夢にも思いませんでした」

「面目次第もございません！！！」

彩人は、再度土下座！　せっかくまとまりかけていた話をぶち壊していた！

「とりあえず、変態」

「はい、何でしょう！」

「もう一度、美桜ちゃんに謝ってください」

「本当に、ごめんなさいいいいいいいいいいいいいいいいいいいいいいいいいい！」

この日、彩人は土下座の瞬間最速記録を更新した。

「アイドルになりたい？」

美桜に全力の土下座で謝ったあと。彩人たちは部室のテーブルに座り、改めて話し合いをしていた。そこで、意外な話を聞くことになった。

「先輩、これを見てください」

雪希は隣に座る彩人に自分のスマホを見せた。

大手芸能事務所が主催するもので、全国から広く応募者を募っている。
参加者は、オーディション専用のアプリをインストールして、エントリーする。
審査は、全部で三つ
一次審査：書類選考（アプリ、または郵送）
二次審査：審査員の前で歌と躍りを披露してもらい、その後、面談審査
　　　　同時に、アプリによる応援ポイントを加味し、総合的に審査
三次審査：都内のステージにおいて観客を前に歌と踊りを披露
　　　　審査員の評価とファンの投票によって、合格者が決まる

「あ、これ、CMで見たことあるやつ！」

芸能界に疎い彩人でも知っているくらいに大きなオーディション。テレビやネットでもかなり盛り上がっていた。

「美桜ちゃんは、このオーディションに参加して、一次審査を通過したんです」

「すご！！！」

ビッグなカミングアウトに、彩人は素で驚く。スマホの中の記事を読むと、参加人数は

八万人を超え、その中で一次審査通過者は、千人以下と書いてある。

でも、この容姿なら納得か……と彩人は思う。桜色の髪と瞳が本当に美しい……思わず、心地よい春の日に、丘の上で咲き誇る桜を連想してしまうほどに……

ひらり

——あ、また見えた。彩人は、再び、美桜の周りを舞う桜の花びらを見る。

心象風景。それは、彩人の心の中の景色。感受性の強い彩人は、時々、こんな風に人の性質が具現化した光景が見えてしまう。

昨日の夜の海辺や、さっき美桜と再会した時、そして今、目の前にいる美桜と共に見える桜の花びらは……彩人が想像の世界で見ている景色だ。鮮やかで、優しくて、淡く、美しい……その性質が、桜の花びらとして彩人には見える。

(……ここまではっきり見えるの、久しぶりだな)

相手によって、彩人の心の状態によって、見え方は異なる。

たとえば雪希なら、雪の結晶が見える時があるし、聖花なら天国の花畑に咲く、虹色に光り輝く花が見える。奈々枝なら、どこまでも広がる青空と草原、その草原に立つ大樹と爽やかな風。……なぜか、静先生だけはそういったイメージが見えないが……とにかく、そんな感じで、彩人は人の性質を心の中で可視化することができる。

（こういうのって相性があるからな。春日さんとは何らかの相性がいいんだろうか？）

美桜の纏う桜の美しさに、またも見惚れてしまう。

時折、かなり強いイメージが見える人に出会うことがあるが、まさに美桜はそういう相手だった。こういう景色が見える時、カメラのセンスが一気に向上することがある。

「それで、二次審査では通常の審査に加えて、こんな審査もあるんです」

「え、あ、うん」

桜の美しさに心奪われていた彩人は雪希の声で我に返り、慌ててスマホに視線を戻す。

【二次審査におけるアプリを活用した審査方法について】

二次審査は、七月一日より始まります。

参加者は日々のアイドル活動などを、本アプリにおいて写真や動画、日記などの媒体で公開することができます。

ファンの方たちはアプリ内にアップされた写真や動画などを見て、応援したくなったアイドル候補生にポイントを送ることができます。

審査員による評価と応援ポイントの結果を総合的に判断し、通過者を決定いたします。

なお、大会運営委員会が管理する本アプリ以外においても、同様に写真や動画などの媒体を通じて自分をアピールすることは許可されています。

また、設定された期日までに1万ポイント以上に達しないアイドル候補生は、その時点で脱落とします。
日程は以下のとおりです。
二次審査開始　七月一日
当事務所におけるオーディション　七月四～六日
応援ポイントの達成期日　七月二十日
二次通過者の発表　七月二十五日
三次審査（最終オーディション）　八月一日

「……なんか、凄いな。ポイントも重要なのか」

「はい。ＳＮＳと同じように自分の言葉や写真などを投稿して、それを見た人がポイントをくれます。１万ポイント以上が必要です」

ポイントは一日ごとに一定数補充される上に、お金を出せば買えるらしい。

「てか、今日からなのか」

今日は、七月一日。すでに、美桜の戦いは始まっていた。

「オーディションの募集は四月前に締め切られて、一次通過者の発表は五月の頭にはされていました。ポイント制度は今日からですが……昨日までは、このアプリ以外のネット上で、アイドル候補生の方たちが色々な投稿や配信をしていたみたいです」

「そうだったのか」

自分や助手が学内コンテストでてんやわんやの時に、すでにアイドル候補生たちは戦い始めていたらしい。

「こんな感じで、色んな子が自分をアピールしているんです」

雪希（ゆき）がスマホの画面をスクロールすると、色んな女の子の写真や動画が見えた。

「これが、美桜ちゃんのページです」

機能すげー。これかなりお金がかかってるんじゃないかと感激しながら彩人は美桜のページを見る。美桜のプロフィール写真、生年月日、好きな食べ物などがのっている。そして、現在の応援ポイントものっていた。すでに、102ポイントついている。

「この応援ポイントを増やすために、先輩に、美桜ちゃんの写真をお願いしたいんです」

「え、俺に!?」

雪希の言葉に、彩人はまたも驚く。美桜に目を向けると、何やら不安げな面持ちでこちらを見つめながら、こう言った。

「正直、昨日の夜とさっきのことがあるので、神崎（かんざき）先輩に頼んでいいのか迷ってます」

「ですよね！」

美桜のアイドル活動を手伝うことに決めた雪希は、写真を彩人にお願いすることを思いついた。しかし、彩人は昨日の夜にやらかした。

「本当に、ごめんなさい！」

テーブルの上で、彩人は再度土下座。すると美桜は、桜色の瞳を見開いて、慌てたように両手を振る。

「……い、いえ。ちゃんと謝ってくれたので、そのことはもう大丈夫です。雪希ちゃんからも、色々聞いてましたたし」

雪希の親友である美桜は、常日頃、彩人の話を聞いていたらしい。おっぱい写真も見せてくれていたのだとか。そのおかげで、美桜にはある程度心の準備ができていた。

「わたし、雪希ちゃんが信じてる先輩のことを信じます」

美桜は雪希のことを心から信頼しているらしい。美桜は彩人に頭を下げた。

「神崎先輩。わたし、本気でアイドルになりたいんです。だから、オーディション用の写真をお願いします」

「先輩。お願いできますか？」

雪希が問うてくる。正直、突然のことに戸惑っているが……

「……ああ、わかった」

彩人は、頷いた。それは、美桜という女の子の瞳から、本気の決意を感じ取ったから。あとは、昨日の夜とさっきの罪滅ぼし。こんないい子たちのお願いを断れるわけがない！

「俺でよければ、力になるよ」

「──ありがとうございます！」

美桜が、笑顔でお礼を言ってくれる。その瞬間、桜がふわりと舞った。

「ただその前に、ちゃんと言っておきたいことがある」

　正直、せっかく許してもらったのにこんなことを言うのは怖すぎる。でも、ちゃんと伝えないわけにはいかない。その結果、どうなるとしても。

「俺は、最高のおっぱい写真を目指している。この世界で、心から一番美しいと思える芸術を表現することが、俺の夢だ」

　雪希と、そして、美桜（みお）の動きが止まる。

「俺は、春日（かすが）さんと、春日さんのおっぱいの美しさに心から感動した。だからこの手で、春日さんのおっぱい写真を撮りたいと思っている」

「……撮影を手伝う代わりに、撮らせて欲しいということですか？」

　当然だが、美桜の瞳に不安の色が宿る。だからすぐに、彩人は真剣に答えた。

「誤解させてごめん。もちろん俺は、無条件で春日さんのアイドル活動を手伝う。ただ、だからこそ、自分の本音を隠したままにしちゃいけないと思った」

　彩人は立ち上がり、自分の本気の気持ちを伝える。

「俺は、春日さんのおっぱいが撮りたい！　でもそれは無理やりにじゃない！　俺の目指すおっぱい写真はそんなものじゃない！」

　写真は誰かを笑顔にするもの。だからおっぱい写真も、誰かを笑顔にするためにある。

「俺は春日さんのアイドル活動を全力で応援する！　その中で、俺という一人の人間を見て欲しい！　そして、春日さんがアイドルになれた時、もし、俺におっぱいを撮られてもいいと思ったら、その時に撮らせて欲しい！」

とんでもないことを、けれど、真面目に、真剣に、燃え盛るような瞳で語る彩人に、美桜はあっけにとられる。

「春日さんのおっぱいを無断で撮ったりは絶対にしない！　そんなことをしたら、俺は永遠に、自分の求めるおっぱい写真を撮れなくなる！」

おっぱい写真は――一人じゃ撮れない。そして、一番大切なのは、才能でも、技術でも、情熱でもない。一番大切なのは、撮られる人の気持ち。

おっぱい写真のモデルになってくれる人が、撮って欲しいと思ってくれなければ、撮られることで幸せにならなければ、本物のおっぱい写真は完成しない。

「俺はコンテストの時、自分の追い求める芸術に夢中になりすぎて、モデルになってくれた聖花と奈々枝の気持ちを、ちゃんと考えられていなかった」

それが、コンテスト敗北の一因でもあると彩人は痛感していた。

「芸術に夢中になりすぎたのではなく、おっぱいに夢中になりすぎたのでは？」

「鋭いね、後輩ちゃん。でも今は俺を信じて!?」

雪希の鋭いツッコミに、彩人は涙目になった。

「これが俺の正直な気持ちだ。春日さんが真剣である以上、ちゃんと伝えなければと思った」

「……ひとつ、聞きたいんですけど」

彩人の真剣な熱意を感じながら、美桜は質問する。

「もしわたしがアイドルになれて、でも……お、おっぱいを撮られたくないって言ったら、神崎先輩は骨折り損のくたびれもうけじゃないですか？」

今の美桜には、芸術のためとはいえおっぱいを撮って欲しいなんて思いはまったくない。

「かまわない。そもそもが無茶な願い。それくらいのリスクは、むしろ当然だと思う」

静観していた雪希が、彩人に質問する。

「……先輩、美桜ちゃんがアイドルになったら、芸能事務所からおっぱい写真にNGが出るのでは？」

「発表はできなくてもいい。大切なのは、おっぱい写真の経験を積むことだ」

彩人は真剣な瞳で力説する。

「聖花のおっぱいには聖花のおっぱいの、奈々枝のおっぱいには奈々枝のおっぱいの、静先生のおっぱいには静先生のおっぱいの、そして春日さんのおっぱいには春日さんのおっぱいだけの魅力がある。俺はおっぱい写真を撮ることで、それらの魅力を感じ取り、経験を積むことができる！」

「雪希ちゃん、この先輩本当に大丈夫？」

「大丈夫だよ」

「ホントに!?」

心配になって尋ねた美桜だったが、雪希に即答されて驚く。

雪希はもう一度、彩人に質問した。

「先輩、本当にそれでいいんですか？」

「たとえ全てが無駄になるとしても、おっぱいのために頑張らない俺は、俺じゃない！」

——本気。本気であることが、美桜にはわかった。この人は、本気で、わたしのおっぱいを撮りたがっている。完全に変態で、言ってること滅茶苦茶（めちゃくちゃ）だけど……だけど、

「俺は必ず、最高のおっぱい写真を撮る！」

この人の目は、純粋な光で輝いている。雪希から聞いていた、彩人のおっぱい写真。

……本当に、本気で、おっぱいを芸術として撮ろうとしている。

わたしが本気でアイドルという夢を追いかけているように、この先輩も、おっぱいという夢を、本気で追いかけているんだ。

「わかりました」

気づけば、美桜は頷いていた。

「神崎先輩にわたしの写真をお願いします。もし夢が叶（かな）った時……お、っぱいを撮って欲しいと思ったら、そう言います」

言った瞬間、何言ってるの、わたし!?　となる美桜。顔が赤くなる。

「ありがとう、春日さん！」

……ただ、この先輩は悪い人じゃない——美桜はそう感じた。

「よ、よろしくお願いします。神崎先輩」

「おう！」

こうして彩人は美桜のおっぱい写真を撮るために、美桜のアイドル活動を手伝うことになったのだった。

「先輩、これ。約束のお弁当です」

色々な話がついたあと、せっかくなので美桜も一緒にお昼ご飯を食べることになった。

そして美桜の目の前で、雪希が彩人にお弁当を渡した。

（はあ、なんだか変なことになっちゃったけど、本当に大丈夫かな……）といまだ不安になりながらお弁当を取り出していた美桜は、その不安が一気に吹き飛んだ。

「え！　マジで作ってきてくれたのかっ？」

「はい」

雪希の鞄から出てきたのは、淡いピンク色のお弁当包みと同じく淡い空色のお弁当包みだ。雪希は彩人に、空色のお弁当包みを渡す。

「あ、ありがとう」

お礼を言いながら、そして戸惑いながら、彩人はそのお弁当を受け取った。……その光景を見ていた美桜の心に、雷が落ちた。

（……何それ雪希ちゃん！　聞いてない！）

寝耳に水どころの騒ぎではない。親友が当たり前のように先輩（変態）男子にお弁当を渡す様子を見て、美桜の心は一気にかき乱される。

「ゆ、雪希ちゃん。いつも神崎先輩にお弁当作ってるの？」

内心の動揺を隠しながら、美桜は自分のお弁当を机の上に置く。

「ううん。今日がはじめて」

「あ。そうなんだ」

笑顔で返事をしながらも、美桜の内心は嵐のようになっている。

普段から彩人の話はよく聞いていたけれど、まさか手作りお弁当まで渡すなんて……

「いや、超嬉しいけど……本当にいいのか？」

後輩女子の手作りお弁当うううううううううううううううううう！

そして、彩人は内心で大絶叫していた。やばい！　嬉しい！　超嬉しい！　それも、こんな可愛い子から！　てか、女の子からお弁当もらったの生まれてはじめてなんだけど！

――しかしそこで、彩人は冷静になった。

（……いや待て、この後輩がただのお弁当を作ってくるはずがない！）

「じゃ、じゃあ、いただきます」

喜びを抑え、彩人はお弁当の包みを解き、慎重にふたをぱかっと開けた。すると、

きらきらきら……☆

「「っ」」

彩人と美桜、絶句。そこには、紛うことなき、お弁当。そう、お弁当があった。

彩り豊かなおかずの配置、見た目にも美しいそのお弁当は見るだけで食欲と幸せを発生させる代物。しゃきしゃきのレタス、瑞々しいプチトマト、その隣には今朝揚げたばかりと一目でわかる鮮やかな色の唐揚げ。さらには綺麗に巻かれた卵焼きの見事な造形美と、詰められたご飯も美しく……いや、凄すぎないか、これ!?

（……雪希ちゃん、超本気！）

美桜も激しい衝撃を受ける。雪希の料理好きとその腕前はすでに知っているが……これは、食べる相手への気持ちがなければ実現しないお弁当！

（やっぱり、雪希ちゃんて、神崎先輩のこと……）

普段から、雪希は彩人のことをよく話す子だった。なんとなく、雪希がその先輩に特別な感情を抱いているのではと思ってはいた。

けど、雪希ちゃん、いいの!?　この先輩、おっぱい撮りたがっている先輩だよ!?

「どうかしましたか？」

先輩と親友の心をかき乱しまくっている当の本人は、普通の表情だ。というか、普段から無表情なので心の内がわかりにくい。

「い、いや、あまりにも凄いお弁当なんで、びっくりして……これ、かなり時間がかかったんじゃないか？」

「いいえ、五分くらいでできました」

「あ、そうなんだ。へー、凄いな、これを五分でそれはないだろ!?」

明らかに五時起きとかしてそうだ。いや、こんな凄いの食べていいのか!?　え、てか、助手もしかして俺のこと好きなの!?　いや、でもこの後輩ちゃんだとわからない!?

「か、神崎先輩。せっかく雪希ちゃんが作ってくれたんですから、食べましょう。わたしもお腹がすきました」

「っ。お、おう」

動揺する美桜の声。突然のことで驚いたけれど、親友の頑張りを先輩にちゃんと味わって欲しい。さりげない美桜のフォローを受け、彩人はお弁当に箸をつける。やはり、まずは唐揚げからいってしまう。見た目が色鮮やかすぎて雪希の腕前が一発でわかる。ぱくり。

「!?」

――その時、彩人には光が見えた。

「うま！」

開口一番、シンプルな感想。一口噛んだ瞬間に広がる唐揚げの触感、味、香り。あげたてではないけれど、それでもなおこの美味しさ！　やばい！　超うまい！！！

「うますぎる！　助手、料理の天才か！」

堰を切ったように、他のおかずやご飯にも箸を伸ばす。……駄目だ、うますぎる。美味しさで、心が溶けていく――

……さりげなく、美桜は雪希に視線を移した。雪希は相変わらず無表情だったが――

（――あ、雪希ちゃん。喜んでる）

伊達に幼馴染をやっていない。美桜は雪希の無表情からその内面をすくいとる術を身につけている……間違いなく、今の雪希は喜んでいる。

（――それに、神崎先輩、百点満点です！）

そして、心の中で彩人にも賛辞を贈る。親友のお弁当を美味しそうに食べてしかも素直に褒めている姿を見て、好感度が上がる。やっぱり、優しい人なのかも……

「……うまい」

もはや、涙を流しながら雪希のお弁当を食べる彩人。

「そういえば、雪希ちゃんはどうして神崎先輩にお弁当を作ってきたの？」

湧き上がってきた好奇心に勝てず、美桜はついついそんな質問をしてしまう。雪希の彩人への気持ちを明らかにしかねない質問だが……

「この春から、先輩と一緒にいて」

「うん」

「たまにこうして、この部室で一緒にお昼ご飯を食べてて」

「うんうん」

「――先輩の食生活に、危機感を抱いたから」

「……？」

そこで、美桜に『？』が浮かぶ。危機感？

「先輩、昨日の晩ご飯は何を食べました？」

「え、昨日？　カップラーメン」

カップラーメン……まあ、男の子ならそういう日もあるだろう、と美桜は思う。

「朝ご飯は？」

「カップラーメン」

だが、そこで美桜の箸がぴたっと止まる。

「お昼は？」

「カップラーメン」

美桜は、雪希を見た。雪希はこくりと頷いた。

「神崎先輩って、一人暮らしなんでしたっけ？」

雪希から聞いている情報をもとに、美桜はそんな質問をした。

「ああ、そうそう。ウチの両親、海外を飛び回ってばかりいるから。家に全然帰らない」

「……神崎先輩、自炊してますか？」

「一人暮らし始めた頃はしてたけど、今はしてないな」

「それだと、普段のご飯困りませんか？」

「え、カップラーメンがあるから全然平気。朝、昼、晩、それでオールオッケー！　コンビニもあるしな」

「それだと、バランス偏っちゃいませんか？」

「そうでもないぞ。ちゃんと、味噌、とんこつ、醤油って感じでバランスよく食べてる味じゃなくて！　栄養のバランス！　美桜はもう一度雪希を見た。

「……先輩、わたしといる時、カップラーメンかコンビニのお弁当しか食べてないから」

「神崎先輩、野菜食べてますか？」

「え、たぶん、食べてるんじゃないか？　食堂で食べる時は必ず『ついてきちゃう』しまるで、野菜が邪魔なような言い方――美桜は全てを理解した。

恋心じゃなくて、ただの心配！　そういえば、さっきから彩人は唐揚げや卵焼きやご飯には手を伸ばしているが、野菜には一切手をつけていない。

「神崎先輩、よかったらわたしのブロッコリー食べますか？」

「あ、ごめん。俺、ブロッコリー苦手で……」

「いいから、食べてください」

「あ、はい」

彩人はブロッコリーを受け取り、雪希のお弁当の野菜と一緒に食べる。すると。

……あれ？　なんか野菜うまくね？　これなら食べられる……幸いなことに、白宮家特製ドレッシングが、彩人に野菜の魅力を教えていた。

「ごちそうさま！　いやー、それにしても、本気でうまかった！　ありがとう、助手！」

砂漠で遭難していた人がオアシスを見つけたような心地で、彩人は満足そうだ。

それを見た雪希が、ぽつりと尋ねた。

「先輩、少しは元気が出ましたか？」

「え？　ああ、そうだな。めっちゃ元気出た！」

身体中の細胞が喜んでいるようだ。彩人は快活な笑みを浮かべた。

「──それなら、よかったです」

雪の花が、柔らかに綻んだ。

「「──」」

ふわりと、雪の結晶の華が広がる。そんな幻視をするくらい、雪希のその微笑(ほほえみ)は美しく可愛らしかった。彩人も美桜も、思わず見入る。

基本無表情な後輩ちゃん……が、微笑(ほほえ)んでいる。いや、今までにも微笑や笑顔を見せてくれたことはあったけれど……え、ていうか、俺が元気になったから、こんな可愛い笑顔を見せてくれている、のか？　そう思うと、急に体温が上がる。

戸惑いを感じながら、彩人はまだ雪希から目が離せない。

満面の笑みというわけではない。ほんの微かな……文字どおりの微笑。なのに、こんなにも心が温かくなるのはなぜだろう？　雪解け水が春の陽(ひ)で光り輝き、そこから新芽が芽吹くような──いずれにしても、後輩ちゃんがこんな笑顔を見せてくれるのは、レアだ。

（……）

彩人と同じように雪希に見惚れながら、美桜は理解する。

雪希ちゃんの、この笑顔。幼馴染だからわかる。……雪希が、どれだけ彩人を想っているかを……なんか、本人は無自覚っぽいけど！

「先輩、コンテストの時からずっと元気なかったですから」

「え、そうか？」

雪希の雰囲気に呑まれ固まっていた空気が、なにげない雪希の一言で動き出す。……ていうか、助手は心配してくれていたのか……

「……ありがとな、助手。心配してくれて」

「いえ」

落ち込んでいる彩人を心配している雪希。その気持ちを受け止めてお礼を言う彩人。

（……この二人、凄く仲がいいんだ。雪希ちゃんも、嬉しそう）

美桜がわずかに彩人を見直し始める。が、その時。

「ちなみにさ……コンテストの写真、何がいけなかったと思う？」

ちょうどコンテストの話題になったので、彩人は今まで聞けなかったことを思い切って聞いてみた。雪希はなにげなく答える。

「やっぱり、水着姿の美少女がジャンプしておっぱい揺らしている写真は学園ではアウトだったかと」

「やっぱ、そうなんかなー！　でも、俺は本気だった！」

「!?」

美桜はびっくりする。あれ？　今、雪希ちゃん、なんて言った？

「むしろ、最初に撮った聖花さんのおっぱい写真の方がよかった気がします」

「俺としては、今までの経験を全て融合させた写真だったんだよ！　聖花のおかげで、おっぱい写真の素晴らしさを知り、奈々枝のおかげで揺れるおっぱいの素晴らしさを知った。そして、静先生のおかげで水着おっぱいの素晴らしさを知った！」

「その結果、除外ですけど」

「なんだけども！　俺はいけると思ったんだ！　あのおっぱい写真で！」

「っ？　？　!?」

流れる水のように次から次へと自然に生まれるおっぱいというワード！　美桜は、雪希と彩人がおっぱいおっぱい言うたびに、びっくりする。というか、静先生のおっぱい？

「どういうおっぱい写真ならいいんだろうな……」

「やっぱり、いやらしさを感じさせない芸術的なおっぱいがいいかと」

「でも俺的には、あの水着の踊るおっぱい写真も最高の芸術なんだ！　おっぱいの躍動感と存在感、柔らかさと美しさを十二分に表現した芸術で――」

「ちょ――――っとっ！」

突如、響き渡る絶叫のような声。びっくりした彩人と雪希が見れば、そこには席から立ちあがって顔を真っ赤にしている美桜の姿があった。

「二人とも何話してるんですか！　ここ、学校ですよ！　今、お昼ご飯中ですよ！」

彩人は食べ終わったが、雪希と美桜はまだこれからだ。それなのに、おっぱいおっぱい言っている先輩と親友が意味わからない。

そんな美桜の様子に、雪希は我に返ったような顔になり……

「……ごめん、美桜ちゃん。わたし、特に何も感じてなかった」

「雪希ちゃあああああああああんっ!?」

信じられない爆弾発言。あのクールで真面目で優しい親友が、おっぱいと言うことに何の違和感も抵抗も感じていなかった。

「神崎先輩、どういうことですか！　いつもこんな話をしているんですか！」

「……え、えと！」

あれ!?　この子、怒ってる!?　詰問された彩人は美桜の迫力に気圧されつつ、これまでの思い出を振り返る。たしか、カメラの話と、あと助手にからかわれる以外の会話は……

「おっぱいは何で芸術なんだろうな？」

「おっぱいだからじゃないですか？」

「素晴らしい答えだ！　でも、もっとこう学術的な観点から事細かにおっぱいを理解したいというか」

「おっぱいの歴史書でもあればいいですね」

「あればいいよなー」

「おっぱい」「おっぱい」


……色々と日々の会話を思い出した彩人は、素直に答える。

「まあ、だいたい」

「頭おかしいんですかー！」

涙目になった美桜は、雪希を抱きしめながら抗議する。

「雪希ちゃんを穢さないでください！　雪希ちゃんはこんな子じゃありません！」

「……そういえば、クラスでの助手ってどういう子なんだ？」

いつも部活で顔を合わせている後輩だけれど、その私生活についてはあまりよく知らない。ふと、疑問が口をついて出る。

「人気者ですよ！　雪希ちゃんは優しくて可愛くて頭もよくて性格もいいんですから！」

「お、おう」

まるで、我がことのように誇らしく言う美桜。最初からわかってたけど、この子、助手のことが大好きだ。

「大丈夫だよ、美桜ちゃん」

「雪希ちゃん？」

自分を心配してくれる親友に向けて、雪希は言う。

「ようこそ、おっぱい至上主義の部活へ」

「わたしの知っている雪希ちゃんはそんなこと言わない!?」

それから、教室とは違う雪希の変貌ぶりに戸惑う美桜だったが……雪希の言葉で落ち着いて、ようやくお弁当に箸をつけたのだった。

「びっくりしたよ。雪希ちゃんて、カメラ部だとこんな感じなんだね」

「そんなに違うかな？」

「違いすぎるよ!?」

それから、雪希と美桜はおしゃべりしながらお弁当を食べている。とても仲がよく、美桜が見せる表情はとても柔らかで……そして雪希も、今までこの部室では見せなかった表情を見せていた。

（……これが、親友といる時の――教室での助手か）

顔を合わせるのはいつもこの部室。デート（部活動）したり、合宿などもあったけれど、自分はまだまだ雪希のことを知らない。

お弁当を食べ終わった彩人はすることもないので、ぼんやり雪希と美桜を眺めていた……というより、後輩女子二人が話している中へ入るなんてことはできないです。

（てか、綺麗だな～）

改めて、彩人は目の前にいる美少女二人の美しさに感動する。銀色の髪と空色の瞳を持つ雪希。桜色の瞳と髪を持つ美桜。まるで、雪の妖精と桜の妖精が仲良くお弁当を食べてるみたいだ。仲睦まじい様子が本気で尊い。一枚の絵画のように美しい。

美桜と一緒にいる時の雪希は、いつもと雰囲気が違っていて、なんかこう、別人みたいだ。それに、声も心地よい。本当に可愛い声……あ、待って、なんか緊張してきた！　俺、今、超絶美少女二人と同じ空間にいる！　い、いや、落ち着け、別に慌てる必要は――

「て、あ、やべ、箸が！」

見惚れて緊張してたら、手がお弁当箱にぶつかって箸を落としてしまった。カツン、カツンと机の下で箸が跳ねる。彩人はとっさにしゃがんで箸に手を伸ばした。

ぼんっっっ！

――その時、雪希のおっぱいが爆発した。

夏制服の胸元が弾け、さらしが解かれ、その中から、美しいおっぱいが姿を見せた。

「――！」

雪希と美桜に衝撃が走る。彩人はしゃがんで箸を拾ったところなので、まだ気づいていない。そして、箸を拾った彩人（あやと）が顔をあげ――

「神崎先輩！　そのままでいてください！」

「えっ？　えっ、何っ？」

不意打ちで聞こえた尋常ならざる美桜の声にびくっとなる。とっさに、言われたとおり、身体（からだ）の動きを止めてしまうが……

「顔をあげないでください！」

「え、何でっ？」

箸を拾うために机の下にしゃがんでいる彩人には、床しか見えない。え、何が起きてるのっ？　この声、絶対なんかあったよねっ？　それもけっこうなできごとがっ！

「何、何があったのっ？」

この状況で美桜がこんな切羽詰まった声を出す意味がわからない。何、何があったの？超気になる！

「何でもありませんから！　絶対にそのままでいてください！」

「いや、絶対なんかあったよね!?」

なおも続く、美桜の制止の声。本気でわけがわからず、気になりすぎて顔をあげてしまいそうになる。が、すぐに美桜が釘（くぎ）を刺す。

「神崎先輩、もし今顔をあげたら……全力の背負い投げをします」

「声の迫力が凄い！」

机の下にしゃがんでいるので床しか見えず、膝をついた状態のままの彩人は、美桜の声に本気でビビる。昨日の背負い投げの威力が蘇えり、全身がぶるりと震える！

勘弁してくれ！　あれマジで痛かった！　美少女に背負い投げされるとか——されるとか……あれ、最高じゃない？　いやでも、顔をあげるわけにはいかない！　こんなに必死になっている理由が絶対なんかある！　今顔をあげたらアカン！

「神崎先輩！　布とか……毛布とかないですか！」

「布っ？　何でこの状況で必要なの⁉……えと、そこの棚に冬用の毛布がある！」

「ありがとうございます！　目をつぶっててください！」

「だから何が起きてんの⁉」

美桜は、棚に置いてあった冬用の毛布をひっつかみ、彩人がちゃんと顔をふせて目を瞑っていることを確認しながら素早く雪希にかけより、肩から毛布をかけてあげた。よし、ちゃんと雪希ちゃんのおっぱいを隠せた！　ひとまずは、安心！

「……先輩、ちょっと保健室へ行ってきます」

美桜がかけてくれた毛布を両手でつかみ、おっぱいを隠しながら、雪希は弱々しい声でそう言った。

「え、もしかして具合悪いのかっ⁉」

まさかの保健室！　そういうことだったのかと彩人は心配になる。

「俺も行くよ！」

雪希の調子が悪いとわかった彩人はすぐに顔をあげ――

「神崎先輩は、顔をあげないでください！」

「この状況でも!?」

響く美桜の声が本気で意味わからない。

「……先輩、もう顔をあげてもいいです」

「ようやくか！」

雪希からお許しが出たので顔をあげて立ち上がる――と。

「あれ？」

いつの間にか、雪希と美桜は部室の外へ。そして、閉じられる寸前のわずかなドアの隙間から、雪希が瞳だけを覗(のぞ)かせていた。

「……助手。具合悪いなら俺も――」

「いえ、先輩は……絶対に来ないでください」

「何で!?」

心配してるのに拒否られた！　彩人は本気で泣きたくなる。

「心配してくれて、ありがとうございます。先に教室に戻ってください……それでは」

「……あ、うん。いってらっしゃい」

もはや、そのまま見送るしかない。彩人がわずかに手をあげると、部室のドアは閉じられた。そして、雪希と美桜は去っていく。

「……いや、待って！　本気で何があったの!?」

平和なお昼休み。一緒にご飯を食べていた……だけなのに、そこからどんなことがあれば、あんな感じになるんだ!?　超気になる！

けれど、追いかけるわけにいかない彩人は、それからずーっと何があったのか考え続けるしかなかった。……が、何があったのか、本気でわからないのだった。

「大丈夫？　雪希ちゃん」

「うん。本当にありがとう、美桜ちゃん」

なんとか彩人にバレずに保健室まで逃げ込んだ雪希と美桜。今は仕切りのカーテンをひいて、雪希はベッドの上で胸にさらしを巻き直している。

「びっくりしたよ。突然、雪希ちゃんのおっぱいがぼーん……ひゃわわ」

自分で言ってて恥ずかしくなる。思い返してみても、あんなことありえるの!?　と思ってしまう。雪希から話は聞いていたけれど、まさか本当に起きるなんて。

「……またおっぱいが大きくなってるかもしれない」

「また!?」

幼馴染（おさななじみ）の親友であるから、美桜は雪希のおっぱいが大きすぎることも、彩人の前でおっぱいが爆発したことも、全部知っている。

そして、さらに驚愕(きょうがく)の事実。今でもありえないくらいに大きい雪希(ゆき)のおっぱいはさらに成長しているという……どうなってるの、雪希ちゃん。凄(すご)すぎるよ……

「……」

さらしに巻かれ、小さくなっていく雪希のおっぱい。巻きながら、雪希は考える。

いつもと同じ巻き方をしているのに、とれることが多くなった。やっぱり、おっぱいが成長しているらしい。……いや、それだけだろうか？　おっぱいが爆発するのは、なぜか、あの先輩の前でだけだ。彩人のおっぱいへの愛が超偶然を引き寄せているのだろうか？

「……神崎(かんざき)先輩は、本当に雪希ちゃんのおっぱいのこと忘れてるんだね」

「……うん」

これもまた信じられない話ではあるが……あの先輩は、あまりにも素晴らしい美を前にすると感激のあまり気絶し、記憶を失う。過去に二度（合宿の件を含めれば三度）、雪希は彩人におっぱいを見られているが、そのたびに彩人は気絶し、綺麗さっぱり記憶を無くしている。理想のおっぱいを持つ女の子――雪希に会うためにこの学園に入学したのに、本当におバカな先輩である。

「……雪希ちゃんは、やっぱり、自分からは言わないの？」

美桜の問いに、雪希はすぐに返事ができない。彩人が目指しているのは最高のおっぱい写真。そして、彩人が一番撮りたがっているのは自分のおっぱい――けれど。

「……今は、まだ言えない」

「……そっか」

美桜としても、それがいいような気がする。なんとなく、まだあの先輩には伝えない方がいいと……勘だけど、思う。

キーン、コーン、カーン、コーン……

その時、お昼休みの終了を告げる予鈴チャイムが響き渡った。

「……お弁当、食べ損ねちゃったね」

「ごめんね、美桜ちゃん」

「ううん、いいよ。とりあえず、教室に行こう。あとで部室にお弁当取りに行かなきゃ」

彩人はどうしているだろう？　ちゃんと教室へ戻ってくれただろうか？　自分たちを心配してずっと部室にいたままだとかわいそう……と雪希は思った。

「あの、美桜ちゃん。……カメラ部はこんな感じだけど、美桜ちゃんのアイドル活動を応援してもいいかな？」

上目遣いにそんなことを聞いてくる雪希が、美桜的には超可愛い。アイドルになりたい美桜ちゃんは、同時に大のアイドル（美少女）好きだった。

「うん。元々、わたしが雪希ちゃんにお願いしたことだもん」

「……ありがと、美桜ちゃん」

アイドル活動に行き詰まっていた美桜。それを見かねて声をかけた雪希。彩人の力が必要不可欠だと思うけれど、美桜が彩人のことをどう思うか、不安なところはあった。でもこの様子なら、大丈夫そうだ。

「あれ、雪希ちゃん。教室はこっちだよ」

「ごめん、先に行っててていいよ」

「……もしかして、部室？」

「……うん。先輩がまだいるかもしれないから」

「じゃあ、わたしも一緒に行くよ」

「遅刻しちゃうよ？」

「初遅刻！　でも、いいよ。行こ。ダッシュすれば間に合うかも！」

ためらいを見せる雪希の手を引いて、美桜は走り出す。

そうして部室へ行くと、案の定、保健室へ行っていいのか、それともここで待つべきかと迷いまくったまま動けないでいる先輩の姿があった。

三人はすぐさま、ダッシュ！　安全に気をつけながらなるべく急いで、彩人と雪希と美桜は、無事に午後の授業に間に合ったのだった。

3枚目 ■ 後輩の夢は、アイドル 先輩の夢は、おっぱい

太陽が昇り始めた砂浜。

波音は心地よく響き、清らかな光に世界が染め上げられていく。

「〜〜♪」

そんな世界で、一人の少女が歌い、踊っている。

きらきらとした朝日を浴びながら、軽やかなステップを踏み、揺れる桜色の髪が日の光に透ける。ひらりとスカートが舞った。


——朝日で輝く海。桜舞う砂浜で、少女が踊っている。


休日の早朝。そんな光景を彩人は見ていた。少女の放つ輝きに、心を奪われながら。

「先輩」

「あ、すまん。ぼうっとしてた」

隣にいる雪希に呼ばれて、我に返る。今、また美桜の桜が見えていた。

「春日(かすが)さん、いつもここで練習してるのか？」

「はい。毎朝、この辺りの砂浜を走ったり、歌や踊りの練習をしているそうです」

「……凄いな」

美桜がどれだけアイドルに憧れているのか……それがよくわかる。こうして見ていても、あのリズム感やステップは、一朝一夕で身につくものじゃない。

「ダンス、うまいよな。歌も」

「美桜ちゃんは小学生の頃から都内の養成所に通っていますから」

「マジか」

思った以上のガチ勢。しかも、小学生の頃から。……彩人はもっと真剣な気持ちで美桜を撮ろうと思った。……そしてやはり、おっぱいが美しい。確実にFカップはあると思う。

「美桜ちゃん」

「あ、雪希ちゃん。神崎先輩も」

夢中で気づかなかったのだろう。美桜は雪希の声でようやくこちらを向く。

美桜の歌とダンスに感動していた彩人は、思わず声をかけた。

「凄いな、春日さん。ミルキーラバーの Beautiful World を完全に再現できてた」

「え!? 神崎先輩、わかるんですか!?」

突然、自分が今踊っていた曲とアイドルの名前を当てられて、美桜はびっくりする。

「先輩は、アイドルについて色々勉強したの」

雪希の補足で、美桜は事情を知る——と、アイドル好きの好奇心がうずいた。

「じゃ、じゃあ、神崎先輩。これ、わかりますか?」

今度は、別のアイドルの曲とダンスを披露する。美桜が踊り始めてすぐに、

「水無瀬光ちゃんの Angel Allied」

「正解！　え、じゃあ、これは」

「九曜未来ちゃんの Miracle Magical Dance」

「凄いです！　じゃあ、これは？」

今度はまた別のアイドルの曲、なんだか大人っぽい。

「ジャンピング☆スターズ♪の愛と友情の狭間♪」

「正解です！　じゃ、じゃあ、Love Tiara の花咲あかりちゃんの誕生日は？」

「一月九日」

「Princess Letters の藤堂葵ちゃんの血液型は？」

「O型」

「Party^2 の三番目のタイトル Go Together! のサビ部分の振り付けは？」

「右手を頭の上にあげて振りながらステップを踏みつつ視線はファンの方へ。左手で持つマイクで歌いながら、歌詞の『月光♪』の部分でくるっと回ってジャンプ！」

「完璧！」

彩人は言葉だけでなくちゃんとダンスも知っていることを証明した。

「ま、アイドルにどっぷりハマったからな。これぐらいは当然だ。あ、やべ。光ちゃんの新しいツイート来た！　今、犬と散歩中か……やばい、可愛すぎる！」

彩人は、目標のためなら全力全開になる少年。たとえ無駄になるとわかっていても、思いついたことは全てやる性格。今回、美桜のアイドル活動を手伝うために、アイドル写真の撮り方から始めて、今流行りのアイドル、アイドルの歴史、アイドルの番組やSNSなど、全て調べまくった。そして、途中から純粋なアイドルファンになっていた。

「……君と出会った、あの日から～♪」

美桜は、アイドルが大好きだ。だから、目の前にいる先輩がアイドルに詳しいことを知って、嬉しくなってしまう。つい、歌って踊って、彩人に手を差し伸べる。

「……わたしの世界は、変わった～♪」

彩人、美桜の誘いにのっかる。美桜と同じように、歌いながら踊り始める。もはや、彩人もアイドル好きな少年。恥ずかしさよりも、美桜とアイドルへの愛を分かち合いたい気持ちの方が強かった。

（……凄い、神崎先輩！）

（……やっぱ、歌っている春日さん、可愛いな！　そしてこの状況、恥ずかしいけど楽しい！）

「雪希ちゃんも♪」

美桜は雪希にも誘いをかける。突然発生した意味不明なイベントに誘われた雪希は……

「きゃは☆　白宮雪希いきま～す♪」

得意の演技でノリノリで参加！　誰も止める人がいなかった。

「「「For Dream ～～♪」」」

最後まで曲を歌い、踊り切る。歌い切った瞬間、波の音がやけに気持ちよく響いた。

「「「いえ～い♪」」」

そして、三人でハイタッチ。早起きしたせいか、三人とも謎のテンションになっていた。

傍（はた）から見ているとやはり意味不明である。でも、美桜は嬉しそうだ。

「神崎先輩、凄いです！　わたし、感激しました！」

彩人を変態と警戒していた美桜だったが、ひょんなことから好感度がアップした。

「春日さんこそ！　てか、助手もうまいな！」

「美桜ちゃんとカラオケに行くと、アイドルの真似（まね）をして遊んだりするので」

何それ、見たい！　絶対、可愛い！　いやてか、何これ？　超楽しいんだけど……何か忘れてるような……

「えと、じゃあ、次は何を踊りましょうか？」

楽しそうに次の曲を提案する美桜。だが、彩人は思い出す。

「……あ、写真！」

「え、あ！」

完全に忘れていたのだろう。美桜は口元に手を当てて素で驚いていた。

「そうでした！　すみません、忘れてました！」

当初の目的を忘れるくらい、アイドルが心底好きらしい。

「じゃあ、始めるか」

「はい、お願いします」

美桜がちょっとフレンドリーになっている気がするのを感じながら彩人は尋ねる。

「春日さんはこんな感じで撮りたいとかあるかな？」

「え、えっと……神崎（かんざき）先輩にお任せしてもいいですか？」

写真については素人の美桜。オーディション用の写真とあって、ここはカメラの天才少年と噂（うわさ）の彩人に一任する。

「わかった。じゃあ、背景はやっぱり海にする感じで。波打ち際に移動してもらえるかな？」

「は、はい」

ひとつ上の先輩だけれど、まるでプロカメラマンのように堂々とした振る舞い。美桜は若干緊張しつつ、指示どおり、波打ち際へ移動する。

「あ、でも」

「え、なんだ？」

「……おっぱいは撮らないでくださいね」

「撮らないよ!?　信じて!?」

ちなみに、今の美桜の恰好（かっこう）は、白いワンピースだ。サンダルもお洒落（しゃれ）なビーチサンダルを履いて、髪もとかしてきた。もはや、説明不要の美少女ぶり。可愛すぎて一目見た彩人は失神しそうになった。

「じゃあ、何枚か撮ってみよう。俺がシャッターを切るたびに、ポーズと表情を変える感じで。ポーズと表情は、春日さんの自由でいいから」

「は、はい」

撮影スタート。自分で表情を作ったりポーズをとったりすることに恥ずかしさを覚えながらも、美桜は彩人に写真を撮られる。潮風で桜色の髪が揺れる。やっぱり、朝の海辺は気持ちがいい。カシャ、カシャ――。何回も、シャッターが切られていく。

朝の柔らかな光と、輝く海。心地よい潮風と波音の中、ただシャッター音だけが鳴り響く。彩人は撮るたびに、美桜という少女を理解するようにつとめ、よりよい撮り方を模索していく。構図、F値、明るさや色を変え、さらにシャッターを切り続ける。

「……」

やっぱり、春日さんの桜色の瞳と髪は、綺麗（きれい）だな。

撮りながら、改めて美桜の輝きに彩人は魅了されていく。陽（ひ）の光に透ける桜色の髪が、輝く瞳が、幻想的で、この世のものとは思えない美を生み出す。

――ひらり。朝の日の光の中、海辺で輝く桜色少女。舞い散る桜の花びらが日の光に透け、海に溶けていく様は、本当に、綺麗で――

彩人の得意な写真は風景写真で、目指すのは最高のおっぱい写真――でも同時に、美桜を撮ることで、苦手だった人物写真の魅力もさらに強く感じている。

「とりあえず、こんなもんか。ありがとう、春日さん」

彩人の合図で、美桜は緊張を解き、ポーズをとるのをやめる。

「ありがとうございました、神崎先輩」

律義にお辞儀をして感謝をしてくれる美桜。

やっぱり、いい子なんだな、と改めて思う。

「こんな感じだけど、気に入った写真はあるかな」

愛用のデジタル一眼レフカメラで撮った写真を共有し、スマホの画面で美桜に見てもらう。美桜は彩人のスマホで、自分の写真を見た。

「……凄いです」

本物の芸術を前にすると、誰しも心からの感動を得る。美桜は写真に詳しくないが、それでもこの写真が素晴らしいものであると理解できてしまう。

輝く海を背景に、淡い光に包まれながら、潮風に髪を靡かせる少女。微笑んでいる姿、憂いを帯びた表情、切ないような甘えるような表情——恥ずかしがりながら撮ってもらった自分は——別人のように美しく、魅力的に写っていた。それこそ、自分が憧れているアイドルたちの写真のように——とても輝いて見えた。

なんだか信じられない。魔法でも見ているような心地になってしまう。

「そしたら春日さんの意見を取り入れて、春日さんの理想にさらに近づけていく感じで——て、えっ!?」

そこで、彩人は驚愕する。なぜなら、美桜がその桜色の瞳からぽろぽろと涙をこぼしていたからだ。え、泣いてる!?　何で!?　やば！　俺何かした!?

美桜の涙に動揺しまくる彩人だったが、それに気づいた美桜がすぐに訂正する。

「ごめんなさい、違うんです。……その、嬉しくて」

「え、嬉しい？」

「はい。本物のアイドルみたいで。ずっとこんな風に写真を撮ってもらえたらなって思ってて……ぐす」

うわー、やばい！　本気で泣いてる！　けど、喜んでくれている！　正直うれしい！

「美桜ちゃんは涙もろいんです。……そして、さすがは先輩ですね」

「あ、おう。ありがとう、助手」

彩人の撮った写真を見て、雪希も褒めてくれる。ずっと苦手だった人物写真だけど、どうやらさらに成長することができているらしい。まあ、まだ風景写真を撮っている時の『景色』が見られないけど……

「あの、神崎先輩――本当に、ありがとうございます！」

――どき！

めっちゃ可愛い！　朝の光の中、海辺で笑顔の美少女とか、それだけで尊すぎる！　お礼なんか言われたら、どきっとする！

「あの、この写真。アップしてもいいですか？」

「え、ああ。どうぞ。あ、じゃあ、春日さんのスマホとも写真を共有するから……」

美桜はめっちゃウキウキした様子で、今撮った写真をオーディションアプリにアップする。

「アップできました。……え？　わ！」

途端、美桜が驚きの声をあげる。え、何かあったの？　と心配する彩人に、美桜はスマホの画面を見せてきた。

「応援ポイントがどんどん増えていきます！」

オーディションに参加するアイドル候補生の情報やアップされた写真や動画を、ファンの人たちはアプリを通じていつでも見ることができる。

そして、応援したいと思ったアイドル候補生に応援ポイントを送ることができる。二次審査通過の条件の一つが、1万以上の応援ポイントなので、非常に重要なものだ。

「まだ増えてます！　自分で撮った写真をアップした時は、こんな風になりませんでした！　というか、まだ朝早いのに！」

「まあ、起きてる人は起きてるから……て！」

「神崎先輩、ありがとうございます！」

興奮のあまり、美桜は彩人の手を握ってきた。――手、柔らか！　すべすべ！

「……そういえば、春日さんはどうしてアイドルになりたいんだ？」

ふと思ったことが口をついて出た。美桜は一瞬、真顔になり、彩人の手を離す。

「大好きだからです！」

満開の桜のような笑顔。彩人には、本当に満開の桜が見えた。

「子供の頃、テレビではじめてアイドルを見ました」

美桜は、子供の頃に想(おも)いを馳(は)せる。

「可愛(かわい)くて、明るくて、キラキラ輝いていて……みんなを笑顔にする。……そんな存在に、わたしは心から憧れました」

そうして美桜は、幼い頃の思い出を話し始めた。

小学生の頃。新しいクラスに、ずっと一人でいる女の子がいた。

友達と話しながら、美桜はいつもその子のことが気になっていた。

一人で、さびしくないかな？

一緒に、お話がしたい。

「……」

でも、勇気が出せない美桜は、ずっと声をかけられなかった。

そんなある日。放課後の掃除の時間に、校舎裏で美桜はある光景を見た。


〜〜♪


「……」

その光景に釘づけになり、しばし時を忘れた。

秋。紅葉舞い散る世界で、女の子が歌い、踊っていた。

「〜〜♪」

その子は、いつもクラスで一人でいる子だった。

でも今はまるで別人のように楽しそうで……きらきら、輝いていた。

カラン。

「あ」

見惚れていたら、手に持っていた箒を落としてしまった。

その音に気づいた女の子は、びっくりして歌と踊りをやめてしまう。

「あ、あの、ごめんね」

勝手に覗いていた罪悪感から、美桜が謝ると、だ！　と女の子が逃げ出してしまう。

「あ、待って！」

走るのを止めない女の子の背中に、美桜は必死に言った。

「今の Pretty Star の歌だよね！」

「っ」

女の子は、立ち止まった。振り向いて、美桜のことを見つめている。泣きそうなその子の顔が、今も忘れられない。

「わたしも、大好き！」

「……」

美桜がかけよる。……女の子は、逃げない。そうして、美桜の気持ちを聞いた女の子は、一転、恥ずかしがりながらも笑顔を浮かべてくれた。

「……わたしも」

返事を聞いた瞬間、心の底から嬉しさが湧き上がって、美桜も笑顔になる。すると、女の子は安心したようにもっと笑顔になってくれた。

……可愛い！

まるでアイドルみたいに可愛いその笑顔に、美桜はどんどん嬉しくなって。

「I wish ～♪」

「……星に、願いを♪」

美桜が歌って手を差し伸べると、女の子は続きを歌ってくれた。

そのまま、一緒に歌って、最後には踊り始める。

美桜は、この頃からアイドルが大好きだった。アイドルになるのが夢だった。だから、嬉しかった。自分と同じくらい、目の前の女の子がアイドルを好きだとわかって。

この日以来、美桜はその女の子と仲良くなった。あんなに内気でいつも一人だった女の子は、アイドルのことになるとおしゃべりで、元気で、明るかった。

当時は別クラスだった雪希や湊にも紹介して、クラスの子たちとも仲良くなって、一緒に遊んで、アイドルについて語ったり、アイドルの真似をしたりした。

その女の子の夢も、アイドルだってわかって、本当に嬉しかった。

——それから一年後。その女の子が転校するまで、楽しい時間は続いた。

「いつか一緒に、アイドルになろうね」

最後に交わした約束。

アイドルが大好きなあの女の子の笑顔を、今でも美桜は覚えている。

📷

「そのことがきっかけで、わたしはもっとアイドルを好きになれたんです！　アイドルは、みんなを笑顔にできる素晴らしい存在！　だからわたしも、誰かを笑顔にできるアイドルになりたいんです！」

幼い頃の思い出を、美桜はそう締めくくった。美桜が本当にアイドルを好きなこと、そしてどれだけ想っているかを、彩人は強く感じた。同時に、シンパシーも覚える。

（……この子も、俺と同じだったのか）

この、熱い想い。おっぱい写真へ突っ走る自分の熱意と、通じるものを感じる。

なんか、嬉しくなる。俄然（がぜん）、この子のことを応援したいと思う。

「いい話を聞かせてくれて、ありがとう、春日さん。なんか、自分の夢も応援してもらえた気がする」

「……神崎（かんざき）先輩の、夢」

おっぱい写真。そんな単語が浮かんだ美桜はそれだけで恥ずかしくなる。……でも同時に気になった。なぜ、天才的なカメラ少年であるこの先輩が、おっぱい写真という夢を持ったのか。なので、恥ずかしいけど思い切って聞いてみることにした。

「あ、あの。神崎先輩が、お、おっぱい写真を目指す理由は何ですか？」

あ、恥ずかしい。おっぱいというだけでなんか熱くなる。

問われた彩人は、美桜の夢を聞かせてもらったお礼に、答える。

「小学校の頃、担任の先生のおっぱいに顔をうずめたんだ」

「！」

「その時、俺はおっぱいの素晴らしさを知った！」

「……」

美桜の身体の動きが止まる。ついでに、心も。

「そのあと、学園前のビーチで理想のおっぱいを持つ女の子に出会ってな。それがきっかけで、俺はおっぱい写真という夢を本気で……ん？」

「ひゃ、110番……」

「おおおおおおおおおおおい!?」

気づけば、ひとつ下の後輩はスマホで警察を呼ぼうとしていた。

「だ、だって、先生のおっぱいに顔をうずめたんですよね!? それも小学生の時に!? どんな変態ですか！」

「いや、誤解！　わざとじゃなくて、事故だから！」

「……」

「やばいこれ、疑惑の目だ！　助手、助けてくれ！」

困った時の後輩ちゃん。彩人は全力で助けを求める。

「むしろ、どうして言ったんですか、先輩？」

「冷静に言われてみれば、そのとおりだ！」

小学生の頃、美人な先生のおっぱいに顔をうずめました。

普通に人には言えない過去だった。

「……実はわたしも疑問だったんですけど」

「え」

「事故とは言え、そんなラッキースケベがありえるんですか？」

「むしろ助手からも信頼されていない!?」

　それから彩人は全力で弁明しまくり、どうにかこうにか後輩ちゃんたちに信じてもらえたのだった。

4枚目■やはり俺の同級生は爽やかすぎる

――カコン。ししおどしの音が鳴り響く。

風見家の屋敷に存在する日本庭園。澄んだ池に鮮やかな空と雲が映り揺れている。池の中では鯉が悠々と泳ぎ、苔むした庭石や灯籠、松などが配され、日本のわびさびを感じる。

「けっこうなお手前で」

そんな日本の美を体現する庭園を望む和室で、三人の少女がお茶会を開いていた。

淡い空色の着物を纏っている雪希。

身体の小さな雪希は人形のように愛らしく、銀色の髪に映える着物がとてもよく似合っている。まるで、雪の妖精が和服を纏っているような幻想性。もし今の季節が冬で、庭園が白く染まっていれば、さらにその美しさが増すことだろう。

桜の刺繍が施された淡い桜色の着物を纏うのは、美桜。

桜の色と着物の白が見事に調和している。桜色の瞳と髪……美桜は桜の妖精と表現するのが相応しく、今が春で桜が満開に咲き誇っていれば、やはり桜の木の妖精が、着物を纏っている物語が浮かぶような美しさだ。

そして藍色の着物を纏うのは、風見奈々枝。清風学園の高等部二年生。陸上部に所属するスポーツガールであると同時に、茶道の家元の娘。

トレードマークのポニーテールは解(ほど)かれ、艶(つや)やかな黒髪は天の川のように着物の上を滑り落ちる。深く、濃い、藍色の着物。いつも背筋を伸ばしている彼女は今日も凜(りん)とした雰囲気を纏い、幼い頃より茶道を学んできた流麗な仕草が、自然に現れている。まさに大和撫子(なでしこ)と呼ぶにふさわしい。

茶道は、日本の和の心。そんな和の心を学ぶに相応しい着物姿の美少女たち。ひとつの茶室で、そんな三人の少女たちがお茶会を開いている様子を見ている彩人(あやと)には、それだけで感激の一言。ちなみに彩人は午後から学園に行く予定なので、学生服を着ていた。

「ありがとうございました、奈々枝先輩」

「どういたしまして」

奈々枝のお茶をちょうだいした美桜が、奈々枝にお辞儀をして感謝する。

「わたし、着物を着たのも、こうして茶室でお茶をいただいたのもはじめてです」

本日は、奈々枝の家でお茶会を開いている。着物姿の美桜の写真を撮って、オーディションアプリに投稿するためと、せっかくなので、茶道を体験してみようという趣向。

「楽しんでもらえたなら、よかったよ」

「は、はい……」

奈々枝の笑顔に、美桜は瞳をきらきらさせている。そしてどこか緊張してもいる。

理由は純粋に、奈々枝への憧れから。奈々枝は清風学園が誇る陸上部のエースであり、後輩の女子たちから慕われている。いわば、学園のアイドルのような存在。

となれば、アイドル好きの美桜にとっては、当然憧れを抱く相手になる。彩人と雪希のおかげで今日はじめて会ったけれど……噂(うわさ)にたがわぬ優しさと、美しさに感激するしかない。

「神崎先輩！　奈々枝先輩に会わせてくれて、ありがとうございます！」

「お、おう」

美桜の凄(すさ)まじいリアクションに、彩人はちょっとびっくりした。

「そういえば、助手も着物ははじめてじゃないか？」

「そうですね。そのとおりであって、そのとおりじゃないような感じです」

「うん、どっち⁉」

相変わらずこの後輩ちゃんはどこでもボケてくる。

「じゃあ、着物姿の春日(かすが)さんを撮ろう」

「あ、はい。お願いします」

茶道体験が終わったところで、本題の撮影に入る。

障子は開かれているから、ため息が零(こぼ)れるような日本庭園をバックに撮影ができる。

着物姿で正座をする美桜は、それだけで絵になる。

ひらり

そしてやはり、桜が見える。夏の日本庭園と和室に正座する着物姿の少女、そして桜……想像の世界でしか見ることのできない世界に、彩人は身震いする。

（……やっぱ、春日さんは俺の感性を刺激する子なのかな）

もっとこの心象風景を使いこなせるようになりたい。そうすれば、もっといい写真が撮れる。彩人はそう思いながら、シャッターを切った。——カシャ。

「俺のカメラと春日さんのスマホは自動で共有される設定になってるから」

「あ、はい」

着物姿でスマホを操作する美桜。彩人が今撮ってくれた自分の写真をアップすると、

「え！」

あっという間に、美桜への応援ポイントが増えていく。

どんどん増えていくポイントを見つめながら、放心したような様子で美桜はつぶやいた。

「……神崎先輩、本当に凄いです」

「これなら、二次審査の突破に必要なポイントも大丈夫そうです」

今日は、七月二日。美桜のポイントは、現在１２１２。今朝、彩人が海辺で撮った写真で、一気に１０００以上アップしていた。

「あ」

〜♪　と、美桜のスマホが音を奏でる。その瞬間、美桜は叫んだ。

「来ました！」

「え、何が？」

「ランキングです！」

彩人、雪希が美桜のスマホを覗き込む。すると、オーディションに参加しているアイドル候補生たちのポイントランキングがアップされていた。

「うお、可愛い子ばかり！」

横長の欄の左端に順位と顔写真、その右横に名前とポイントがのっている。可愛い子がずらっと並んでいて、彩人は本気でビビる。二次審査参加者は、８０１人。

「美桜ちゃんは、何位？」

「……４０８位」

「真ん中……より、若干下みたいな感じか」

安心していいのかそうじゃないのかわからない結果に戸惑いながらも、美桜は画面をスクロールし、ランキング１位の子を見る。

「「あ」」

同時に、雪希と美桜が声を揃えた。

「ん、何かあったのか？」

時が止まったみたいになっている美桜。やがて、呆然とした様子で口を開く。

「この１位の子……飛鳥ちゃんです」

「飛鳥って……」

そこで、今日の朝、海辺で美桜から聞いた話を思い出す。

「あ、アイドルが好きな子で、転校しちゃった子!?」

「そうです！　髪型とか雰囲気とか変わってるけど、間違いありません！　名前も同じですし！」

彩人はもう一度スマホに視線を戻す。宮坂飛鳥。十五歳。応援ポイント数2万4602
……ん、2万!?

「いや二日目の時点で2万超えてんのかよ!?　おかしくね!?」

見れば、2位の子は7268ポイント……頭ひとつどころか三つも四つも抜きん出てらっしゃる。……いやでも、たしかに可愛い。この清潔感のある清楚さ。でもどこかシャープな魅力も感じさせる瞳。……この子、どんなおっぱいしてるんだろ？

「先輩、今何考えてました？」

「！　え、いや、別に!?」

鋭すぎる後輩ちゃんに彩人は本気で冷や汗をかいた。

「……飛鳥ちゃん」

美桜の心に、幼い頃の思い出が蘇る。内気な女の子だった飛鳥。でも、アイドルの話をする時はきらきらとした笑顔を見せてくれて……一緒にアイドルになろうと約束した。

まさか、こんな形で再会して……しかも、こんな凄い女の子になっていたなんて。

嬉しさと、懐かしさと、悔しさと——色んな感情が混ざり合って、爆発する！

「……わたし、決めました。もっと、もっと、頑張ります！」

幼い頃の親友の大活躍に、美桜の心は奮い立つ。両の拳を握りしめ、立ち上がる。

「明後日の二次審査で、最高のパフォーマンスをしてみせます！　そして、最終オーディションも勝ち抜いて……飛鳥ちゃんとの約束を果たします！」

——一緒にアイドルになろうね。美桜は、飛鳥との約束を強く思い出す。

「……凄いな、春日さんは」

「え」

「これだけの差を見せつけられても、そんな風に言えるなんて、凄い。俺も、全力で応援する！」

「……神崎先輩」

まさかそんなことを言ってもらえるなんて思ってなくて……そう、嬉しくて、美桜の頬がわずかに染まる。

「で、でも、恥ずかしいです。夢ばかり追ってるのに、こんな結果で」

「そんなことないよ、美桜ちゃん。世の中には、おっぱいばかり追いかけてる先輩もいるんだよ」

「そうそう、そんな変態に比べれば春日さんは……俺のことか!?」

「先輩のことだとは一言も言ってないので、ちゃんと言います。先輩のことです」

「よっしゃ、泣くぞこらあああ！」

「ぷ。あはは」

二人のやりとりに、美桜は着物の袖で口元を押さえながら思わず笑い出す。

その様子を見て、美桜は大丈夫だと安心する彩人と雪希だった。


「今日は、ありがとな。奈々枝」

――カコン。一定間隔でししおどしが響く庭。池の中で泳ぐ鯉を眺めながら、彩人は奈々枝にお礼を言った。池に映る彩人と奈々枝が、波紋によって揺らめいていた。

「どういたしまして」

藍色の着物に身を包んだ奈々枝は、とても落ち着いた雰囲気で見た目も涼し気だ。

「それにしても、彩人はいつも面白そうなことやってるね」

奈々枝は両手を頭の後ろに回して、面白がっているような笑顔。着物姿がよく似合う奈々枝だが、中身は竹を割ったようにさっぱりとした性格。男友達みたいに話せるので、気が楽だ。

「ああ。まあ、実は……」

急遽、お茶会をお願いした奈々枝には、まだ事情を話していない。ので、彩人は簡単に事情を説明した。

「ぷ、あはは！　アイドルになれたらおっぱい撮らせて欲しいって……彩人らしいね」

「俺らしいの!?」

「……でも、そっか。今度はあの子のおっぱい撮るんだ」

「いや、まだわかんないんだけどな……」

彩人の言葉が、しかし奈々枝には届いていない。池でぽちゃんと鯉が跳ねて、奈々枝の心のように波紋が広がった。

「彩人はさ……あれから、わたしのおっぱい撮りに来ないよね」

「あー、うん……んー、ん？」

今この子、なんて言った？　見れば、奈々枝は池の水面を見つめるばかりでこちらには視線を向けない。……どこか、不満そうな様子も感じられて？

あ、あれ？　何かあったのか？　こんな雰囲気の奈々枝は珍しい。

「彩人、人物写真また上手になったよね。さっきの春日さんの写真、凄かった」

「え、ああ。それは春日さんのおかげだな」

「あの子の？……そっか」

……あれ、また奈々枝の様子がおかしくなった!?　何か今日はいつもの奈々枝らしくない。彩人は本気で戸惑うが、それは奈々枝も同じだった。

（……わたし、どうしたんだろ？）

いつもは青空のように晴れ渡り、すっきりとしている心が……今は何かもやもやとしたものに包まれている。答えは、嫉妬。……なのだが、今だ彩人への恋心を自覚しない奈々枝には、理解できない感情だった。

それは、これまであまり意識しなかった感情。けれど、清風学園に入ってから、彩人が幼馴染の聖花と仲良くしているところや、後輩の雪希といつも一緒にいるところを見て、少しずつ、無意識下で焦りのような感情が生まれていた。

簡単に言えば、『早くしないととられちゃう！』という本能の叫びが生まれていた。でも、初恋すらまだで、恋愛ごとに鈍感な方の奈々枝には、その叫びが聞こえない。

でも今日、彩人がまた新しい女の子を連れてきた。しかも、その子もとても可愛い子で、その子の夢を応援している上に、自分の時よりもいい写真を撮っていた。

中学の頃、彩人が撮ってくれたあの写真は、奈々枝にとっては宝物だ。だから……ついに、今まで心の底にあったものが表面化してきたのだった。

（……わたし、もしかして――撮って、欲しいの？）

（やばい。今の奈々枝、絶対様子が変だ。ど、どうすれば……！）

互いに恋愛に鈍感なために起きているこの状況……先に動いたのは、奈々枝だった。

「はあ……ごめん！　彩人！」

「うおっ！」

いきなり両手をぱんと合わせて謝られたものだから、彩人は驚く。

「悩むなんてわたしらしくないから、はっきり言うね」

「お、おう」

やっぱり俺、何かしてた⁉　全力で謝る準備をしながら奈々枝の言葉を待つ。と、

「――彩人。わたしのおっぱい撮りなよ！」


「ごめんなさ――……何でそうなるの⁉」

予想外の言葉に、彩人は謝る途中で驚愕する。

「わかんない！　何か今のわたし、おかしい！　でも、撮って欲しいから、撮って！」

「男らしい！」

内容は「おっぱい撮って」なのに、爽やかさを感じる。さすがは、奈々枝さん。

「……もしかしてだけど、奈々枝、嫉妬してる？……なーんて」

話題が美桜の写真の時に奈々枝の様子が変わったから、冗談交じりに彩人はそう言ってみる……かあ。

「――え」

目の前で奈々枝の顔が赤くなり、それに気づいた奈々枝が慌てて着物の袖で口元を隠した。隠れきれない頬は染まったままで、潤んだ瞳は逃げるようにそらされていた。

「……そう、なのかな」

そうして、ぽつり。そんなことを言う奈々枝が……可愛いいいいいいいいいいい！

え、ちょっと待って、何この乙女な奈々枝!?　はじめて見るんですが！　いや、可愛(かわ)えええええええええええええ！　いつも男勝りな奈々枝の意外な一面に彩人爆発。いや駄目だ。何かこの流れ、耐えられない！

「わかった！　奈々枝！」

「っ」

ぶっちゃけ逃げの一手で、この雰囲気を吹き飛ばすように彩人は叫ぶ。

「俺に、お前のおっぱいを撮らせてくれ！」

彩人に呼応するように、潮風が池や木々を揺らした。当然、奈々枝は戸惑うが……

「……そうこなくちゃ！」

絹のような黒髪を潮風になびかせて、奈々枝は爽やかな笑顔を見せてくれた。

――とても清々(すがすが)しい、気持ちのよい笑顔だった。

風見(かざみ)家の屋敷は、広い。古くから茶道の家元として伝統を受け継ぐ風見家の敷地内には伝統的な日本家屋と庭園――そして、竹林がある。まっすぐに天を目指して伸びる竹。幾本もの竹が伸びる中に立つと、どこか別世界へ迷い込んだような気持ちになる。

風が吹くと、笹(ささ)の葉がこすれ合い、サラサラと心地よい音が生まれた。

そんな世界の中心に、着物姿の少女が立っている。

腰元まで流れるように揺れる黒髪と、凛とした佇まい。大和撫子と呼ぶにふさわしい和の空気を纏いつつも、アスリートが持つ健康的な力強さも確かに感じさせる。

そんな奈々枝を中心に、竹林の世界をファインダーに収めると、それだけで身震いするような景色が広がった。

――やっぱり、奈々枝は綺麗だな。

まさか、奈々枝の方からおっぱいを撮って欲しいと言ってもらえるなんて……理由はともあれ、嬉しい！　全力で撮る！　彩人は全力で、奈々枝の美と、着物で押さえられた奈々枝のおっぱいの魅力を活かすための構図を探りはじめる――

――ぴちょん

「っ」

ふいに、水音が聞こえた。確かに響いたその音は、彩人の中で波紋となって広がっていく。瞬きをした瞬間、気づけば、彩人は不思議な世界にいた。

どこまでも広がる湖面に、空の鮮やかさと流れる雲が映りこんでいる。

湖面の周りをぐるりと紅葉が囲み、風に吹かれてその赤い葉がいくつも舞っている。

彩人は、湖面の真ん中に立ってカメラを構えていた。

目の前には、日本の伝統的な形式で建てられたお屋敷が、自分と同じように湖面の上に建ち、水面に波紋を広げている。

そして、能舞台のような屋敷の中に、奈々枝がいた。

「――」

平安時代の、お姫様のようだ。見事な色とりどりの着物を幾重にも纏う奈々枝は、舞い躍る紅葉(もみじ)の葉の中で、一層美しく見えた。

(……え、これ。奈々枝の心象風景、か？)

もちろんこれは、彩人が心の世界で見ている想像にすぎない。けれど、現実の風景を忘れるほどに圧倒的な存在感で、心象風景が展開している。

風景写真を撮るときは、こんな風景がよく見えていた。そして、現実の風景とこの心象風景、どちらもよい構図で収めるといい写真を撮ることができる。

……でも、人物写真でここまでの心象風景が見えたのは、生まれてはじめてだ。

(……やっぱり、春日(かすが)さんの影響か？)

時折、出会う。自分の感性を刺激する人。その人と距離が離れると、この心象風景の能力は薄らぐが……今は美桜と一緒にいる時間が長いので、影響が凄いらしい。

――ぞくり。現実の奈々枝と、心象風景の中の奈々枝と――おっぱい。奈々枝と、奈々枝のおっぱいの有する美を全力で表現するために知覚を全開にした彩人は――震えた。

――美

この身を、魂を震わせるほどの美が、目の前に――


――カシャ。無意識の内に、シャッターが切られる。シャッターボタンを押した記憶が、彩人にはなかった。ただ目の前の美に震えている内に、全てが終わっていた。

「彩人？」

「っ」

びくりとした彩人は、忘れていた呼吸をようやく思い出したような顔で、ファインダーから目を離した。

「あ、あれ？　今、撮れてたか？」

「うん。撮ってたよ」

柔らかな土を踏みしめて、奈々枝が近づいてくる。心の風景はもう消えていて、彩人の目の前には、陽光に照らされる竹林が広がっていた。あれ、やばい。なんかぼーっとしてた。人物写真ではじめて心象風景が見えたためか、彩人は夢見心地になっていた。

「見てもいい？」

「え、ああ。もちろん」

カメラで撮った写真が自動でスマホと共有されるようになっているので、彩人はポケットからスマホを取り出して、奈々枝と一緒に今撮った写真を見た。

竹林の中に佇む、藍色の着物姿の少女

差し込む光が淡い雰囲気を醸し、幻想的な一枚となっていた。

「……凄い」

奈々枝のつぶやきに、彩人も心の中で頷く。我ながら、凄い。やっぱり、心象風景と一緒に撮ると、写真の出来が各段にいい。正直、今までで一番のおっぱい写真だ。

着物で押さえられているから、以前撮った時のようなおっぱいの露出や躍動感はない……けれど、それがまたいい。存在感を抑えられたおっぱいも、また美しい。

おっぱいのおくゆかしさと優しさが十二分に表現されている。

「えへへ」

「っ」

いきなり、可愛い笑顔。……いや、なんていうかもう、マジで超可愛い笑顔！　え、何

この笑顔！　可愛すぎるんですが！

「いや、嬉しくて」

奈々枝はもう一度、笑みを浮かべてくれる。おっぱいを撮られたのに、爽やか笑顔。なぜか、彩人は自分の心の中が晴れ渡るのを感じた。

同時に、カメラマンとして大事な何かを摑んだ気がした。

「……ありがとな、奈々枝」

「わたしの方こそ、ありがと。彩人」

奈々枝は、中学時代に彩人が撮ってくれた写真を思い返す。

「──わたしを、こんな風に撮ってくれて」

言ってすぐ、奈々枝はまた笑顔になった。

──風が吹いて、サラサラと笹の葉がこすれた。


「ふう、なんかくらっとするな」

奈々枝のおっぱい写真を撮ったあと。

雪希、美桜、奈々枝の三人が茶室でガールズトークする場をそっと抜け出し、彩人は風見家の屋敷の前にある浜辺で潮風を浴びていた。そして、頭に手を当てている。

どうやら心象風景を使って人物写真を撮ると、かなり体力と精神力を使うらしい。こうして青い空と青い海を眺めていると、気力が回復していくのがわかる。

（……でも、なんか摑めた気がするな）

人物写真であそこまで心象風景が見えたのははじめてだ。そのおかげで、今までで一番凄いおっぱい写真が撮れた。

彩人（あやと）は首から下げるカメラに指を添える。心象風景は、美桜との出会いがきっかけなのは間違いない。このまま使いこなせるようになれれば——

「あの、すみません」

「え？」

背後から、見知らぬ少女の声が聞こえた。振り向くと、そこには——

——美少女

「——」

一瞬、呼吸を忘れるほど美少女が、目の前にいた。

さらさらの髪、シャープな目元、愛らしさを感じさせる華奢（きゃしゃ）な身体（からだ）には都会的なデザインのパーカー、そして全身から発せられる……輝くオーラ。

アイドル。そんな言葉が、自然と頭に浮かんだ。そして、心象風景も見える。青空。今、自分と彼女は青空の真ん中にいた。どこまでも広がる空と雲の世界に――

「……宮坂飛鳥（みやさかあすか）」

アプリのランキングで見た少女の名前。ぽつりとつぶやいた瞬間、心象風景は消えた。

「わたしのこと知ってるんですか？　もしかして、応援してくれてます？」

飛鳥は柔らかな笑みを浮かべた。きら☆　それだけで、彩人の心臓はどぎゅーん！　と撃ち抜かれる。

……すご！　いや何この子……可愛い！！！

美桜（みお）の幼馴染（おさななじみ）で、現在オーディションランキング1位を独走する美少女が、あろうことか、目の前にいる。……いや、どゆこと!?　何で!?……ていうか、

おっぱあああああああああああああああああああああい！

あまりにも美しいおっぱいが、目の前にある！　やばい！　このおっぱい、絶対に撮りたい！

「よかったら、一枚撮ってくれません？」

「え、おっぱいを!?」

「え」

「何でもないです！」

かろうじて冗談と受け取ってくれた飛鳥の写真を彩人は撮る。なぜか緊張で指が震える。

――すんなり心象風景発動。二連続は、超疲れることがわかった。

「ありがとうございます。この写真、わたしのページでアップしますね」

そう言って、飛鳥は握手までしてくれた。手、すべすべ！

「その制服、清風学園のですよね」

「は、はい！」

ひとつ年下の相手に、けれど彩人は背筋を伸ばして敬語で返事する。だってこの子、なんかオーラが凄すぎる！　アイドルになる前からすでにアイドルだよ！

「春日美桜ちゃんて子、知ってますか？」

「――」

飛鳥も、美桜のことをおぼえててくれた。……彩人は、嬉しくなった。

「もしかして、春日さんに会いに？」

「あ、思い切って声をかけてよかった。美桜ちゃんの知り合いなんですね」

「……え、ていうか、ランキングの発表ってついさっきだったんじゃ」

それで、美桜も飛鳥が参加していることを知ったのだ。

「ランキングの前から、わたしは美桜のちゃんのこと気づいてましたよ。参加者のページは全員見ましたもん」

参加者って、８００人以上いたはずでは……なんか凄いなこの子。

「春日さんなら、あの屋敷にいるよ」

彩人は風見家の屋敷を示す。すると飛鳥はすぐにそちらに目を向けた。そうしてしばし、じっと屋敷を見つめ続ける。瞳には、様々な感情のゆらめきがあらわれていた。

「……ありがとうございます。そのつもりだったんですけど、やっぱりやめます」

「え？」

だが、飛鳥は急にそんなことを言った。くるりと背を向け、砂浜を踏みしめ歩き出す。

「え、会っていかないの？」

……数秒、間を置いてから、飛鳥はわずかにこちらを振り向いた。


「はい。美桜ちゃんとは、最終オーディションの舞台で会いたいので」


──その一言に込められた想(おも)いに、彩人は時間を忘れた。

おぼえてくれてる。この子は。美桜との約束を。……今も。

「美桜ちゃんもオーディションに参加してるって知って……我慢できなくて来ちゃいました」

恥ずかしそうに言う飛鳥の表情は、やはり可愛らしい。

「……春日さんも、おぼえてる」

我慢できずに、彩人は言った。

「君と一緒にアイドルになるって夢を叶(かな)えるために、今、頑張ってる」

「……」

瞬(まばた)きを忘れた飛鳥の髪と服を潮風が揺らす。飛鳥は泣きそうな笑みを浮かべた。

「嬉しいです」

その笑顔は、彩人の心に焼き付いた。——胸が熱くなる。

「わたしがこうしてアイドルを目指せるのは、美桜ちゃんのおかげなんです。だから、わたしも頑張ります——全力で」

彩人は簡単に理解する。……この子は、凄い子だ。

「それじゃ。色々ありがとうございました。あ、美桜ちゃんにはわたしのことは黙っていてくれると助かります」

「あ、うん。もちろん、言わない」

「ありがとうございます」

手を振って、飛鳥は去っていく。遠ざかる後ろ姿から目が離せず、彩人は一人砂浜に立ち尽くしていた。

「……俺も、頑張ろう」

美桜のため、おっぱい写真のため、全力で走り抜けてきた彩人だが……ここにきてもうひとつ、頑張る理由が増えたのだった。

5枚目■お願い、静先生！

「ワン、ツー、スリー、フォー、ワン、ツー、……はい、そこでターン」

都内のアイドル養成所のレッスン室。コーチのかけ声にしたがってステップを踏んでいた少女たちが一斉にターンする。

「はい、ここまで。休憩にします」

「「「ありがとうございました」」」

休憩に入り、少女たちはタオルで汗を拭いたりスポーツドリンクを飲んだりする。壁を背に腰を下ろした美桜に、隣の少女たちが話しかけた。

「美桜、二次審査いけそう？」

「あ、うん。やれるだけのことはやったよ」

「オーディションの配信、見たよ。美桜ちゃん、すごかった」

彼女たちは、この養成所で親しくなった友人たち。この養成所で唯一今回のオーディションに参加している美桜のことを応援してくれていた。

昨日、美桜はオーディションの二次審査を受けるため、学園を休んで都内のアイドル事務所へ行った。そして審査員の前で、今の自分にできる最高のパフォーマンスを披露した。

「頑張ってね、美桜」

「ファイト♪」

「うん、ありがとう」

優しい友人たちに美桜は笑顔を向ける。だがその心の内は、真逆のものだった。

「……」

美桜はスマホを起動し、オーディションアプリを開く。昨日、美桜が受けた二次審査の様子が配信されていた。

アイドル候補生たちが審査員の前で歌や踊りを披露する様子、面談審査を受ける様子などを見ることができる。

それによって、アイドル候補生たちのランキングに大きな変動が生じていた。

春日美桜。応援ポイント数2248。ランキング678位。

「……」

自然に、言葉が出なくなる。審査の様子が配信され、たった一日で一気にポイントが増える子たちが続出する中、美桜の成績は芳しいものではなかった。

飛鳥のランキングを見てみる。変わらず、1位。応援ポイントは、5万6000以上。

「はい、休憩終わります」

スマホを眺めていたら、いつの間に時間が経っていた。美桜は雑念を振り払い、立ち上がる。

「とにかく、頑張る!」

気合を入れて、美桜は一歩を踏み出した。


「……春日さんのポイント、増えないな」

放課後。窓からきらきら輝く海が見えるカメラ部の部室にて。彩人は一人、スマホを眺めて悩んでいた。今日、雪希は委員会があるので部室に来られないらしい。

昨日、美桜は学園を休み、都内の審査会場へ赴いた。そして、アイドル事務所の審査員の前で、歌と踊りを披露したり、面談審査を受けたりした。

美桜含め、他のアイドル候補生たちの審査の様子が配信されていて、ランキングに変動があったのだが、美桜は……。

「これ、大丈夫なのか？　増える子は一気にポイント増えてるんだが？」

二次審査の様子が配信されただけで状況がこんなに変わるのかと驚くと同時に、美桜への心配が募る。

「……俺の写真、役に立ってるのかな――わからん」

奈々枝の屋敷で撮った美桜の写真を投稿したら、一気に１０００ポイント以上増えてくれたのは、嬉しかった。だが、そのあと撮った飛鳥の写真がアップされたら、飛鳥のポイントが一気に３万以上増えていた。

……これ、写真の腕前は関係あるのか？　と思いたくなってしまう。

「春日さんのためにもっとできることはないかな……」

自分にできるのは写真だけ……でも何か、何か他には？　彩人は必死に考える。

「あ、そうだ」

そこで思いついた。スマホを取り出して、とあるアイドルのライブ映像を流す。

画面の中の大きなドームに大勢のファンが集い、声援を飛ばしている。

みんなの視線を一身に浴びながら、一人のアイドルが叫ぶ。

『みんなー、今日は来てくれて、ありがとー！』

彼女の名は、神楽坂愛。ドラマや映画、バラエティに引っ張りだこの人気アイドルだ。

最近は、有名アニメの声優さんを担当したことでも話題になっている。

「アイドルのことを少しでも理解して、春日さんに何かアドバイスをする！」

彩人は、画面の中の愛ちゃんに合わせ、歌い、踊り始めた。

「うおお！　やばい！　これ、めっちゃ恥ずかしい！　ていうか、男子高校生が美少女アイドルの真似をすること自体、ハードルが高い！」

でも、今は誰もいない。それにやってみると、意外にも色々なことがわかる。

息継ぎのタイミングとか、腕の動かし方、ステップの踏み方、ファンのみんなへの視線や笑顔のこととか……

「めっちゃ恥ずいけど、春日さんにアドバイスできそう！　よし、もう一度最初から……」

なぜか楽しくなってきてしまった彩人は、ライブ映像を最初から再生する。

『みんなー、今日は来てくれてありがとー！』

「みんなー、今日は来てくれてありがとー！」

とうとう、台詞まで完コピし始めた彩人は、そのまま画面の中のアイドルとシンクロしつつ、歌って踊り始めた……

――その少し前。清風学園の廊下にて。

清風学園の美人英語教師、彩玉静は歩きながら悩んでいた。

「……どうしよう」

「……はあ」

ため息をひとつ。学園でも評判の美人教師は、悩んでいても今日も美しい。

内面の優しさがよくわかる整った顔立ち、ビジネススーツをびしっと着こなし大人の雰囲気を醸しつつも、どこか親しみやすい幼さも垣間見せる。

そして、そのスーツの胸もとを押し上げる見事なおっぱい。Gカップを誇るその胸は、彼女の美しさをさらに輝かせている。

「……神崎くん」

静が悩んでいる原因は、教え子である神崎彩人という少年のこと。

先日の学内コンテストで、彩人はおっぱい写真で挑み、見事に敗北した。

その時の、そして、それからの彼の落ち込みようはすごかった。本人は回復したつもりでいるけれど、まだまだ心が傷ついていることが静にはよくわかった。

ついつい悪い想像が駆け巡ってしまう。もしかしてこのまま……

『先生、俺、おっぱい写真は諦めます』

『そ、そんな、神崎くん』

『あと、カメラももうやめます。さようなら』

『神崎くううううん！』

……そんな想像に、さあーっと静の顔が青ざめる。

おっぱい写真どころか、カメラからも離れてしまったら？　彩人の写真のファンでもある静からすれば、世界の損失である。

「ど、どうしよう、もしそんなことになったら……」

カメラ部を退部させてください……とか言われてしまったら？

最近の彩人の様子を鑑みれば、可能性はゼロじゃないどころか、けっこう高いかも！

「落ち着いて、わたし。と、とにかく神崎くんからちゃんと話を聞いてからじゃないと」

ただでさえ、思い込みが激しく暴走しがちな静は、自分に言い聞かせる。

もし仮にそうだったとしても、生徒が別の道を歩む応援をするのも教師の仕事。……でも、神崎くんは絶対にカメラマンになるべき子だし……うう～。

「ううん。わたしがしっかりしないと。神崎くんがどんな道を選ぼうと、ちゃんと応援してあげないと！」

考え続けていても、埒が明かない。カメラ部の部室へ辿り着いた静は、扉の前で色々と心の準備を決めてから、部室のドアを開いた。

「わたし、みんなから愛されるアイドルになる～♪」

「――」

そして、静は見た。

可愛い仕草と共にきらきらな歌を熱唱し終えた彩人が、美少女アイドル宣言する姿を。

「ふう、こんなもんか。すげえな、アイドル。こんなハードなダンスをしながら歌を……」

普通に見るだけでは気づけない、実際にやってみないとわからないことがあると、彩人は実感した。

「さて、どうするか……今度はまた別の曲を」

「神崎くん！！！」

「うおあああ!?　びっくりしたあああ！　て、静先生！」

気づけば、部室のドアのところに静の姿があった。て、やべえええええ！　まさか、アイドルの真似してるところを見られた!?　やっちまった恥ずかしいいいい！！！

夢中になりすぎて時間が経つのを忘れていた。今すぐ全力で逃げ出したい衝動に駆られる彩人だが、そこでふと気づく。

「!?　し、静先生!?」

つう、と。静の頬を涙が伝い落ちる。顔を俯けて手を握りしめ、ぷるぷる震えている静。前髪に隠れて表情がわかりづらいけれど、泣いている!?

「どうしたんですか、静先……て、速！」

心配する彩人目掛け、静はつかつかつかつかと靴音を響かせながら彗星のようにすさまじい速度で彩人に近づいてきた。

抱きっ！

そして、そのままの勢いで辿り着くなり、静は彩人を抱きしめた。え、抱きしめた?え、俺、静先生に抱きしめられてるううううううううう！！！

間違いなく、静はぎゅうっと自分を抱きしめている！　それはもう力強く！　そのせいで、自分と静の身体が超密着している！　当然、静の身体の感触、体温、スーツの質感、吐息、いい香り……何より、静の胸の触感が、暴力的なまでの威力で襲い来る！

ぎゅうう！　密着する身体！　静先生、柔らけえええええええ！　てかそれよりも何よ

りも、

むにゅにゅにゅにゅん♡　ぽよん♡　ぽよん♡

おっぱあああああああああああああああああああああああああああああい!!

おっぱい！　圧倒的なおっぱい！　思いきり抱き締められているにもかかわらず、押し返すような弾力のおっぱあああああああああああああい！

え、俺と静先生の間にあるこれ、本当におっぱい？　存在感ありすぎなんですけどっ？　天国の柔らかさ！　いやいやいやちょっと待って、これ何が起きてんのっ？　何この奇跡っ？　え、こんな奇跡もらっていいのっ？

「ぐす、う、ごめんね、神崎くん」

「え!?」

静のおっぱいとその他諸々（もろもろ）の感触で意識が遠ざかり始めた彩人の耳元で、静の謝罪が聞こえる。

「まさか、神崎くんがここまで自分を追いつめていたなんて……ごめんね、先生気づけなくて！」

いや、何の話!?　それよりも、おっぱいがあああああああああああ！

「大丈夫！　神崎くんは、一人じゃないから！　だから、自分を見失っては駄目よ！　神崎くんが立ち直れるなら、先生、何でもするから！　何でも言って！」

すでに何でも以上のことをしていただいていますうううううううううう！

全身を襲う美人巨乳教師の柔らかさ……自分と先生の間にあるおっぱいが凄い……あ、これ本当に駄目だわ。このまま意識失うわ。――そうして、彩人の意識は天に召された。

「ごめんなさい！」

それから、数分後。奇跡的にすぐに意識を取り戻し記憶も失わなかった彩人は、静から謝罪を受けていた。……でも、魂がふわふわしている。そして、超幸せえええ！

「いえ、むしろありがとうございました！」

「え？」

「いえ、何でもありません！」

うっかり、素直な感想を口にしてしまった。そうして謝罪が終わると、しん、と部室の中が静まり返ってしまう。

（き、気まずい！）

勘違いとは言え、抱きしめ合ってしまった。お互いに、お互いの身体の感触やあれこれが残っている。なんなら心臓もばくばく言っている。……ちらりと、彩人は静を見た。

ぱち。――ぱ！

「「〜〜」」

ちょっと相手の様子を探ろう……まったく同じ考えだったらしく、視線が交錯してしまう。ただそれだけのことがとても恥ずかしい。

（……ど、どうしよう。神崎くんを元気づけるために考えていたことがあったけど……でも、このタイミングで言うのは！）

実は静には、ある決意があった。でもさっきの出来事のせいで、言うのに躊躇（ためら）いが生まれる。……で、でも、神崎くんのためを思うなら！

「あ、あのね！　神崎くん！」

恥ずかしさを振り切って、勇気を振り絞って、静は叫ぶ。

「わ、わたしのおっぱいを撮って！」

——。彩人の思考は一気に吹き飛んだ。静はそれ以上、何も言わない。さらにさらに顔をかあああと赤く染めたまま、けれど瞳は彩人からそらさないまま、答えを待っている。

「……」

……あれ？　静先生、なんて言った？　わたしのおっぱいを撮って？　いやいや、そんなはずがない（笑）　もう一度ちゃんと思い出してみよう。　よし、再生。

わたしのおっぱいを撮って！

――ははは、なるほど。やっぱり、おっぱいを撮ってって言っているううううう！

「え、えとね。先生、色々と考えたんだけど……」

静は恥ずかしいのを我慢して、懸命に言葉を重ねる。

「あ、彩人くんが真剣に……お、おっぱい写真を目指していることは、もう十分わかっているから。でも、コンテストでは結果が出なくて、彩人くんは落ち込んでて……何かできることはないかなって一生懸命考えたの！　だからね、もっと神崎くんがおっぱい写真を上手に撮れるように、わたしのおっぱいで練習させてあげられたらって思ったの！」

顔を真っ赤にして早口でまくし立てる静。明らかに無理をしている。……うん、そうだった。この先生、めっちゃ生徒想いで、めっちゃ思い込みが激しいんだったあああ！

「ど、どう、かな。……やっぱり、先生のおっぱいじゃダメかな？」

上目遣いが可愛すぎるうううう！

駄目なわけないでしょ!?　彩人は静の両肩を摑む。がし！

「え、か、神崎くん!?　ごめんなさい、先生、そんなつもりじゃ……」

「先生、ちょろすぎるんですよおおおおおおお！」

「!?　ちょ、ちょろっ!?」

彩人は、なぜか泣きそうになっていた。

「静先生が優しい先生なのは、俺も知ってます！　みんなも知ってます！　みんな、静先生が大好きです！」

「〜〜」

「でも、マジで心配になるんですよ！　こんなに隙だらけでちょろすぎて簡単に自分を犠牲にしちゃうとかもう見ててハラハラします！　絶対、駄目っす！」

「え、えと」

　何を言われているのかわからない静。でも、目の前の彩人が真剣すぎて口を挟めない。

「生徒想いなのはいいことです！　でも静先生は、もっと自分を大切にしてください！」

「は、はい！」

　なぜか生徒からお説教されちゃっている感じになっている……けれど、とにかく彩人が自分を心配してくれていることがわかって、静は嬉しかったり……

「は！……て、ごめんなさいいいいい！」

　そこで我に返った彩人はばっと静から手を離し、土下座した。しまった！　つい、熱くなって、静先生になんてことをおおおおおお！

「神崎くん、顔をあげて！　先生、そんな風に謝られるようなことされてないから！」

「い、いや、でも！」

「……大丈夫だから、ね」

　静は彩人の両手をとって、立ち上がらせてくれる。そして、優しく微笑んでくれた。

「神崎くん、心配してくれてありがとう。でも先生は、無理なんてしていないわ」

　その言葉を裏づけるように、今の静は頬を染めたり、慌てたりもしていない。

「神崎くんは誤解しているけれど……わたしだって、誰にでもおっぱいを撮らせたりなんてしない」

どこまでも真剣な声音で、彩人に語り掛ける。

「神崎くんだから。神崎くんが真剣に芸術を追い求めているから、力になりたいの」

「――」

まっすぐな言葉が、彩人の心に届く。ただ、純粋で、だからこそ、深くまで。

「その、それじゃ、ダメ、かな？」

と、一転。自信のなさそうな、相手の心を窺うような上目遣いになる。その表情もめっちゃ可愛えええええええええ！　と内心で思いつつ、彩人も真剣に応える。

「――ありがとうございます、静先生」

そして両手を腰の横で揃えて、礼儀正しいお辞儀をする。

「俺に、静先生のおっぱいを撮らせてください！」

「――はい」

どこまでも真剣な彩人に少しだけおかしさをおぼえながら、静は笑顔で返事をした。

――放課後。柔らかな夕暮れの光で教室が染まっている。

学園内の生徒は、ほぼ下校を済ませており、あとはわずかに部活動の生徒が残るばかり。

校舎のそこかしこは、静けさに満ちていた。

……カ、カ、カ。そんな校舎の一室――彩人のクラスに、チョークの音が響いた。

「この時、do の使い方が……」

誰もいない夕暮れの教室で英語の授業をしているのは、この学園の美人英語教師、彩玉(さいたま)静。優しい生徒想いの先生で、今日も栗色(くりいろ)の髪が美しく揺れている。

――教師。教室で授業をする今の静は、まさに教師だった。

そう、今回のおっぱい写真のテーマは、授業をする美人教師のおっぱい写真。

美人教師のおっぱいが一番輝く瞬間はいつか？

それは、美人教師が授業をしている瞬間である。

このテーマが浮かんだ時、彩人は素直に撮りたいと思った。静という個性、そして、優しくて生徒想いの素晴らしい先生という彼女の魅力を表現したいと思った。

そして、前回のような肌の露出全開の水着姿ではなく、真面目なスーツ姿だから色んな意味で大丈夫！……と思ったんだけど、よく考えたらアウトじゃね？

夕暮れに染まる誰もいない教室。授業をする静先生を、教室の真ん中あたりにいる自分がカメラで捉えている。そして、おっぱいを撮ろうとしている。

……うん、やっぱりアウトな気がしてきた。

「……」

しかも時折、恥ずかしいのか頬を染めながら、ちらちらとこっちを見てくる静先生の表情がなんか可愛(かわい)くてエロい！

これ、大丈夫か!?　またなんかやらかしてないか、俺!?　助けてくれ、助手!……て今はいないんだった!　やっぱり、そばにいてくれないと不安すぎるううう!

それでもやるしかない!　決意した彩人は、シャッターチャンスを探り続け、見つける。

——来た。教科書を片手にチョークを黒板に走らせ、生徒の方を向く静。角度的におっぱいの存在感が最も強調される——おっぱいが一番輝く瞬間——彩人はシャッターを切った。——カシャ。

「……撮れた」

たしかな手ごたえと達成感。爽やかな感覚が心地いい。

「か、神崎くん。撮れたの?」

「はい!」

教壇の上から尋ねてくる静に、彩人は力強く頷く。駆け寄って、今撮った写真をスマホに映し、静と一緒に見た。


——夕暮れに染まる教室で、美人教師が英語の授業をしている。


「……やっぱり、凄いわね」

ただそれだけの、ありふれた日常の風景なのに……感動が押し寄せる。夕暮れの光が静に重なる瞬間や、生徒の方を向いた時の静の顔やおっぱいの角度まで緻密に計算されてい

仮定法!!

If they had

e of the

ることが一目でわかる。有名な絵画を見ている時のような感動が、心を動かす。

そしてその上で、静のおっぱいが、見事に表現されている。静はたえず、教壇の上で動いていた。チョークを黒板に走らせたり、生徒たちの方を向いたりと……そうして、様々な動きを見せる静の中から、静と、静のおっぱいの魅力が一番輝く瞬間を彩人は切り取った。単純に正面から静を撮るよりも、静が身体(からだ)を捻(ひね)った瞬間の方が、よりおっぱいの大きさや形、存在感がわかる。その点に集中し撮った成果が、ちゃんとあらわれていた。

——とくん。静の胸が高鳴る。不思議な感覚だった。おっぱいを撮られているのに……やっぱり、いやらしくない。それどころか、自分のおっぱいに芸術として感動してしまう。普段、自分のおっぱいを見ることは当たり前にあるけれど……こんな風に、自分のおっぱいに芸術の輝きを見ることができるのは……やっぱり、彩人の写真を通した時だけ。

……やっぱり、神崎くんは、凄い。

改めて静は、彩人のおっぱいへの情熱と、その腕前を実感した。

「静先生、本当にありがとうございます」

彩人は熱意のこもった声と共に頭を下げて、静に感謝した。同じ人を撮る場合でも、シチュエーションや衣装によって、その人も、その人のおっぱいの魅力も変化する。

「どういたしまして」

コンテスト以来、ずっと落ち込んでいた彩人。そんな彩人の声に活力が戻ったのを聞いて、静は嬉しくなる。だから笑顔で、彩人に応えた。そんな静の笑顔を見ながら、彩人はしみじみと感じる。……俺の担任の先生が、静先生でよかった。

——こんこん。

「「びくぅっ!?」」

その時。突然教室の扉がノックされる音が響いたものだから、彩人と静は本気でびくぅっとなる。思わず身体が数センチ浮くほど驚いた二人は、ぎぎぎ、とロボットのような動きで教室の入り口を見た。

実は、もう誰も来ないと思い、撮影の際の光の具合とかを考慮したこともあって、教室の扉は全開にしてあった。そんな扉をわざわざノックした誰かは——ノックのポーズのまま、笑顔で教室の入り口に立っていた。

「お姉ちゃん、神崎先輩、何をしてるのかなー？」

凄い笑顔をしながら尋ねてきたのは、静の妹、彩玉春香。静と同じ栗色の髪を肩ほどまで伸ばした少女で、身長は女子の平均ほど。華奢でとても可愛らしい少女なんだけど今は迫力がやべえええええええええ！　ビビる彩人の隣で、静は震えながら尋ねる。

「は、春香。どうしてここに？」

「わたし、風紀委員だもん。放課後の見回りだよ」

「で、でも、ここ二年の教室だし……」

「職員室に行ったらお姉ちゃんがいなかったから」

タ。

「「!?」」

春香が一歩、教室へ入ってきた。上靴が床を踏む音がわずかに響いただけで、彩人と静の恐怖はマックス！　見た目は可愛らしく笑顔を浮かべてはいるが……そのオーラは、般若のそれ！

「こんな、時間に、放課後の、教室で、いったい、何を、して、いたんですか？」

明らかにしゃべり方がおかしい。何で、言葉を区切るんだろう？　うん、怖いいいいいいいいいいい！

「あ、えと、神崎くんのほしゅ、補習をしてて」

静が冷や汗をかきながらごまかそうとしてくれる。が、

「そうなんだ。でも、どの机にも教科書や筆記用具がないよ？　神崎先輩、教科書、どこにあるんですか？」

「っ、あ、えーと、あの、こ、心の中に……！」

「凄いですね。教科書いらずじゃないですか～そのカメラなんですか～？」

動けずにいる彩人と静の前で、春香はすたすた歩いて教壇の上に立つ。

「二人とも、席に座ってください」

「「はいっ！」」

逆らえるはずがない。彩人と静は即座に着席した。

「あの、春香。もしかして、授業をするの？　お姉ちゃん、一応先生なんだけど……」

「生徒におっぱいを撮らせる教師はいません」

「はい」

カ、カカ、カとチョークの音が響く。見れば、春香が黒板に何かを書いていた。それは、四つの単語だった。

「神崎先輩」

「はい！」

「これ、なんて読みますか？」

「ど、道徳です！」

「お姉ちゃん」

「はい！」

「これ、なんて読むの？」

「り、倫理です！」

「神崎先輩、これは？」

「正義です！」

「お姉ちゃん、これ」

「常識です！」

春香の問いに、彩人と静は素直に答えていく。春香はまた笑顔になった。

「言葉は知っているみたいなので安心しました。それじゃあ、これから」

バン！

「「びくっ！」」

「これから、道徳と！　倫理と！　正義と！　常識の！　授業を始めます！」

「「よろしくお願いします！　春香先生！」」

ガチでブチ切れてらっしゃる！　道徳、倫理……と言うたびに黒板をばんばん叩くのがマジで怖い！　彩人と静は、一斉に頭を下げた。うん、間違いない。これ、最初から見られてたあああああああああああああ！

それから、彩人と静は春香先生による特別授業を日がとっぷりと暮れるまでみっちりと受けた。最後に、彩人はいつかのように、全力で土下座をした。

「マジですんませんしたああああああああああああああああああああ！」

「その土下座に誠意がないことはわかっているのでもういいです。神崎先輩は風紀委員のブラックリストにのせておきます」

「どうかご勘弁をおおお！」

「あと、お姉ちゃんの半径一キロメートル以内に近づかないでください」

「学校にすら来られない！」

「あ、あのね。春香。聞いて！　神崎くんはふざけてるわけじゃなくて、ちゃんと真面目におっぱい写真を撮っていただけで……」

「おっぱい撮ってる時点でアウトでしょおおおおおおおお！」

「ごめんなさいいいいいいいいい！」

妹に叱られて、静お姉ちゃんは泣いてしまう。

春香に許してもらうまで、かなりの時間がかかったのだった。

その手を止めて雪希に尋ねた。

「あのさ、助手。……俺、やった方がいいと思うか？」

放課後の部室。カメラの手入れをしていた彩人は、その手を止めて雪希に尋ねた。

「……何をですか？」

目的語が抜けているので、雪希は問い返す。

すると、彩人は恥ずかしそうな様子を見せた。

「だ、だから、あれだよ。ほら、前に言ってた……」

――その時、雪希の脳裏に、静の声が浮かんできた。

『あの、神崎くん。初等部のカメラ教室のことなんだけど……』

実は先日、彩人は静から、初等部で開催するカメラ教室の講師をお願いできないかと頼まれていた。何でも、子供たちにカメラの魅力を教えるのが目的の催しらしい。

その時の彩人はとても恥ずかしがり、返事を保留していた――なるほど。

「そうですね。やった方がいいと思います」

「え！　マジで!?」

雪希の自信ありげな返答に、彩人は素で驚く。

「いやでも、みんなびっくりするんじゃ……」

「どうしてですか？　とてもいいことだと思いますよ。きっと、みんな喜びます」

「……そ、そうなのか？」

先生みたいに、小学生の子供たちにカメラを教える。それはとてもいいことだし、彩人なら、ちゃんとできると雪希は知っている。だって雪希自身、彩人にカメラを教えてもらって、心から楽しいと思っている子なのだから。

「恥ずかしがるなんて、先輩らしいですね」

ちょっとからかいたくなって、雪希はそんなことを言う。彩人の顔が赤くなる。

「いや、誰だって恥ずかしいだろ！　だって、ふん……」

「先輩」

彩人も本当はやりたがっている。それがわかるから、雪希は彩人の背中を押す。

「絶対に、やった方がいいと思います。先輩なら、絶対にできます。……わたしも、先輩がみんなを笑顔にしているところ、見たいです」

「――」

信頼。……雪希が、どれだけ自分を信じてくれているか、その声音から伝わってくる。

「……っ」

途端、彩人は恥ずかしくなって、また雪希から視線をそらしてしまう。な、なんだ、これ？　やばい。誰かから信頼されるのって、こんなにも嬉しいのか？

「……わ、わかった。相談にのってくれて、ありがとう。正直、恥ずかしいからまだわからないけど、ちゃんと考えてみる」

決断はできないけど、彩人は前向きな姿勢を見せてくれた。……たぶん、彩人は初等部のカメラ教室の話を引き受ける。今の彩人の様子から、雪希にはそのことがわかっていた。

(……先輩は、意外と照れ屋ですよね。でも、子供たちもきっと喜ぶと思います)

と、雪希は子供たちにカメラを教える彩人に想(おも)いを馳(は)せ、

(まさか、こんなふうに背中を押されるなんて。冗談だと思ってたけど、やっぱり、やった方がいいんだな。ふんどし一丁でいえ〜い♪……いや、めっちゃ恥ずかしいけど！)

と、彩人は雪希と交わした約束に想いを馳せていた。

そう。二人の会話の内容は、とんでもないベクトルですれ違っていた。

学内コンテストの時、彩人と雪希は勝負をした。そして、彩人が負けたら、聖花(せいか)の誕生会でふんどし一丁でいえ〜い♪をするという約束をした。

もちろん、雪希は冗談で言った。その時の約束を、雪希はすっかり忘れている。

だが、おバカな先輩はずっとその約束を覚えていた。

(……まあ、本気の勝負で決めた罰ゲームだしな。ちゃんとやった方がいいよな。それに、助手がここまで断言するってことは、やっても大丈夫なんだろ)

実は、お笑い芸人みたいにみんなを笑わせたいという願望を持っている彩人は、雪希に背中を押されたことでなにげに乗り気になっていた。

——かくして、とんでもない爆弾を抱えたまま聖花の誕生会が迫っていた。

海がよく見える、清花院のお屋敷。広い敷地内には、屋敷を囲む形でぐるりと季節の花が植えられ、一面に芝生が敷き詰められている。

屋敷自体の規模も大きく来客も多いことから、ホテル並みの客室を供える豪邸。

「聖花様、お誕生日おめでとうございます」

「おめでとうございます」

「ありがとうございます、みなさん」

──そして、今日は聖花の誕生日パーティー。日本を代表する大企業である清花院グループには様々なつながりがあり、政財界の大物や、その子息令嬢が大勢集まっていた。

会場内は広く、豪華絢爛な飾りつけがなされ、白いテーブルクロスの上には一流シェフの用意した料理が並べられ、列席者を歓迎していた。

「聖花様、本当にお美しいです」

「ええ、本当に……」

誕生会に参加した人々から感嘆の声が次々と捧げられる。その視線の先にいるのはもちろん、今日の主役である一人の少女。

清花院聖花。清風学園高等部二年生であり、彩人の幼馴染。

ふわふわの金髪に、透きとおるエメラルドグリーンの瞳。精巧な人形のように白い肌と整ったプロポーション。高貴な雰囲気を纏いながらも、慈愛に満ちた優しさも窺わせる。

そんなお嬢様は今、赤いオフショルダードレスに身を包んでいる。目にも鮮やかな赤いドレスがそれだけで人々の目を惹き、さらには聖花の健康的な美しい肩、そして、美しすぎるGカップバストの胸元が露出している。その上でいやらしさは微塵もなく、一人のレディとしての美がこの上なく表現されていた。

元々、フランス人形のように整った美しさを持つ聖花。一流デザイナーが作り上げたドレスを着ることで、さらに人形めいた完成された美が顕現する。

今日のために美と健康の管理も完璧にこなし、お抱えの一流メイクアップアーティストの手によって髪や肌のセットも完成されている。

――まさに、お嬢様。そう表現するにふさわしい姿に、聖花はなっていた。

パーティーが始まり、壇上で挨拶を済ませた聖花は、そのまま会場のあちこちで色々な人たちと交流する。

「見事な挨拶でした。ご立派です」

「そしてやはり、お美しい」

それは、とても立派な振る舞い。清花院の娘としての使命を、義務を、聖花は見事にこなしていく。その美しさ、仕草、話し方に至るまで……今日の日のために重ねた努力の結実だった。

「聖花」

「あら、彩人。雪希さんたちも」

と、頃合いを見計らい、声をかけてきた彩人たちに聖花は笑顔を浮かべる。

誕生会に集まってくれた方たちとの交流も大切だが、やはり聖花が心からの笑みを浮かべるのは、親しい友人たちの前でだった。

「おっぱ……じゃない！　お誕生日、おめでとう！」

「どこを見ていますの！」

開口一番、「おっぱい」と「おめでとう」を彩人は言い間違えた。ドレス姿の聖花と、そのおっぱいがあまりにも美しすぎる結果だった。

聖花は顔を真っ赤にしておっぱいを両手で隠し、彩人をねめつける。

「あなたは本当に相変わらずですわね」

「マジですまん！」

幼馴染という間柄、彩人は聖花の色んな姿を見ている。そのたびに、おバカな幼馴染の視線は聖花の見事なおっぱいに引き寄せられていた。

「聖花さん、お誕生日おめでとうございます」

「おめでと、聖花！」

「おめでとう、清花院さん」

「おめでとう、聖花ちゃん」

続いて、雪希、奈々枝、静、冬夜も聖花を祝福する。冬夜は、桐生家の御曹司であり、学園で王子様と讃えられる美少年。なぜか、おバカな彩人と気が合い、親友になった。そんな冬夜はおかしそうに言う。

「彩人は正直だね」

「いやでも、あのおっぱいは普通に見てしまう。同じ男子ならわかるはず！」

「ごめん。僕は姉さん以外の女性には何も感じないんだ」

「なんという愛！」

そして、実の姉が好きなシスコン王子である。

「みなさん、よくお似合いですわ」

にこりと笑みを浮かべる聖花の言葉どおり、雪希、奈々枝、静のドレス姿は、とてもよく似合っていた。

雪希は淡い空色のドレス、奈々枝は大人っぽい漆黒のドレス、静はベージュカラーのドレスだ。全て、聖花が雪希たちのために用意したもの。そして——

「あ、あの、清花院先輩……はじめまして！　お誕生日、おめでとうございます！」

淡い桜色のドレスに身を包んだ美桜が、緊張した様子で聖花に祝福の言葉を贈る。

「はじめまして。彩人から聞いていますわ。今日は、楽しんでいってくださいな」

「——は、はい」

お嬢様、豪華絢爛な誕生会、何より、目の前にいる聖花の女神の輝きに……美桜は一瞬でノックアウトされた。元々美少女好きな美桜には、聖花の輝きが眩しすぎる。

「か、神崎先輩」

聖花に挨拶を済ませた美桜は、ふらふらと彩人のところへやってくる。

「凄いです！　清花院先輩！　凄いです！」

「うん……同感だ！」

凄いを連呼する美桜に、彩人は全力で同意する。幼馴染として断言できた。聖花さん、マジ女神。雪希や奈々枝たちと歓談を始めた聖花を横目に、美桜と話を始める。

「神崎先輩。清花院先輩と幼馴染とか凄くないですか!?」

「まあ、そうね！」

こんな豪華な誕生会にいると、余計にそう思う。

「それにわたし、こんな豪華な誕生会に参加したの、はじめてです！　実在したんですね！　アニメやドラマの中だけかと思ってました！」

両手を頬に当てて、瞳で星を輝かせ、興奮している美桜。めっちゃ嬉しそうだ。

「……なら、よかった」

今日、聖花の誕生会に美桜を招いたのは、純粋に友人であることと、このドレス姿の美桜の写真を撮るため。

二次審査通過には、1万以上の応援ポイントが必要。なので、彩人はできる限り色々な美桜の魅力を写真で表現したいと考えていた。

今日が七月九日（聖花の誕生日は七日だが、誕生会は休日の今日行われている）で、期日は七月二十日。美桜のポイントは、現在２３６２。

まあ、まだ一週間以上あるので、大丈夫……と、思いたいが、ぶっちゃけ不安だった。

あれからまた時間が過ぎたが、美桜のポイントに大きな変化はなし。半面、飛鳥の応援ポイントは7万を超えている。飛鳥という子を意識している美桜にとってみれば、現段階で凄まじいダメージがあるだろう。

そのことで、逆にレッスンに励むようになった美桜だが……正直、追い詰められている感が凄い。

なので、美桜が嬉しそうにしている様子は、彩人にとっても嬉しいものだった。

「もうちょいしたら、庭で写真を撮ろう」

「はい！」

他のアイドル候補生の子たちは、乗馬や新体操などの特技や歌やダンスの練習風景、友人との日常などを動画でアップして自己アピールをしている。

美桜も雪希やアイドル養成所の友人たちと同じようなことをしているらしいが、彩人にできるのは写真だけ。なので、そこに全力を尽くす。

「あ、てか。このあと、この会場で歌うわけだけど、大丈夫か？」

「えと……はい、頑張ります」

実はこのあと、美桜はこの会場で、聖花のためにバースデーソングを歌うことになっている。最終オーディションでは、大勢の観客の前で歌うわけだから、まさに打ってつけの機会。聖花にお願いしたら快く了承してもらえたので、あとは美桜しだい。

「いきなりこんな大勢の前で大丈夫か？」

「でも、本番ではもっと大勢の前で歌うわけですから、頑張ります！」

両の手で握り拳を作って、気合十分。ポイントの伸びに若干不安を抱えているが、美桜のやる気は衰えていないようだ。桜色の瞳が、輝いていた。

「あ、そうだ。俺も聖花に確認しないと」

あることを思い出し、雪希と話をしている聖花に声をかける。

「あのさ、聖花。実はこのあと、やりたい催しがあって……」

「？　そのことなら、承知していますわ？」

美桜が自分のバースデーソングを歌ってくれることは、聖花も了承済みだ。なぜ彩人は、もう一度その話を？

「え、そうなの？」

ふんどし一丁でいえ～い♪を聖花も了承済み？　まさか、助手が話を？　目を向けると、雪希はこくりと頷(うなず)いた。

美桜は、あがり症だ。なので聖花に話をし、あらかじめこの会場で美桜に歌の練習をさせてもらっていた。そういえばそのことは彩人に伝えていなかったので、雪希は頷いた。

「本当にやっていいのか？」

「ええ、もちろんですわ」

「えと、じゃあ、いつ頃やれば……」

「そんなに心配なら、わたくしが合図をしますわ」

「そ、そっか。ありがと」

なんと、聖花も乗り気だ。正直やばいだろ！　と思っていたけど、大丈夫らしい。

安心した彩人は、雪希や美桜たちと一緒にパーティーを楽しんだ。

――こうして、『その時』は、刻一刻と迫っていた。

華やかな時間が過ぎて、人々のお腹も料理で満ち始めた頃……別の人たちと話をしていた聖花が、会場の向こうから彩人に手を振ってみせた。

「あ、あれが合図か」

ついに、来た。

「助手。ちょっと行ってくるわ」

「？」

突然、どこかへ彩人が行こうとするので、雪希は不思議に思う。が、すぐに彩人はパーティー会場にいる人々の中に紛れてしまう。

「急がないと！」

ふんどしを入れた鞄を手に、トイレにダッシュ！　早く着替えて、戻ってこなければ！

「あれ？　雪希ちゃん。神崎先輩、どこかへ行っちゃったの？」

自分が歌うところを見て欲しいと思っていた美桜は、がっかりしてしまう。

『みなさま、ここで催し物がございます』

壇上に上がった聖花が、マイクを使って会場のみんなに呼びかける。

『美桜さん、壇上へいらしてください』

「は、はい！　じゃ、じゃあ、雪希ちゃん。行ってくるね」

「うん、頑張って。美桜ちゃん」

雪希は手を振って、美桜を送り出した。

『彼女は、わたくしの後輩です。現在、アイドルのオーディションを受けています。みなさま、よろしければ応援をお願いいたします』

「わ、わわ……」

壇上にあがった美桜のために、みんながぱちぱちと拍手をしてくれた。

『本日は、美桜さんがわたくしのためにバースデーソングを歌ってくださいます。……美桜さん』

「……は、はい！」

緊張しながらマイクを受け取る。マイクを握る手は、すぐにぷるぷると震えてしまう。

『えと、ご紹介にあずかりました。春日（かすが）美桜と申します。本日は清花院（せいかいん）先輩のために、バースデーソングを歌わせていただきます』

また、会場からぱらぱらと拍手が上がる。その時点で、聖花は壇上から降りた。そうして壇上には美桜だけとなり、スポットライトが美桜だけを照らした。

「――」

その瞬間――美桜は、息を呑む。

豪華な飾り付けをされた、広いパーティー会場。そこに集まる大勢の人たち……それも、日本の経済を動かすような凄い人たちが、全員、自分を見ている。

――手が震える。いや、手だけではなく、身体や、足も。

(……わたし、今から……歌うの?)

〜〜♪

「!」

曲が流れ始めた。前奏が終わり、すぐに美桜が歌う瞬間が訪れる。――けれど。

「? 美桜さん?」

美桜は歌わない。一言も、一音も、発しない。聖花は、思わず声をもらした。

「……美桜ちゃん」

雪希も異変に気づく。続くように、奈々枝、静、冬夜も。

「? 彼女はどうしたんだろう?」

「歌わないのか?」

そしてとうとう、会場にいる人々も違和感を覚え始めた。

「……ぁ」

それでも、美桜は歌えない。自分が失敗し、周りの人たちをがっかりさせる悪い想像ばかりが巡り、本来のパフォーマンスが発揮できない。どうしても、声が出ない。

「何か起きているんじゃないか？」

「具合でも悪いのか？」

「誰か、彼女に声をかけた方が……」

ざわめきは、さらに広がっていく。人々に、戸惑いの色が浮かんでいた。その様子を見て、美桜はさらに追いつめられる。

「――」

歌わなきゃ。せっかくの、おめでたい席なのに。清花院先輩の誕生会なのに。とても大切な日なのに……

――じゃあ、そんな大切な時に失敗したら、どうなるの？　どう思われるの？

「っ」

――その思考が浮かんだ瞬間、美桜はマイクを下ろした。

歌えない。――そのことが、わかったから。

バカン！――その時、勢いよくパーティー会場の扉が開いた。

「いえ～い♪」

そうして、能天気な声が響く。

誰もが歌えない美桜で頭がいっぱいになっているタイミングで、その男は姿を現した。

「いえ～い♪」

ふんどし一丁。裸にふんどしだけを纏う彩人が、元気よく走るポーズのままジャンプし、開かれた扉から飛び出してきた。

そうして床に降り立つと、マッスルポーズ（？）を次々とっていく。

「みなさ～ん、楽しんでますか～？　いえ～い♪」

雪希と約束したふんどし一丁でいえ～い♪　この日のために練習した成果を、彩人は存分に発揮する。が、うおおおおおおお、恥ずかしいいいいいいいい！

実際にやってみるとその恥ずかしさは想像以上！　やらなければよかったと後悔するレベル！　てか、みんなの視線がやばい！　めっちゃ見られている！　だ、だが……！　彩人は、雪希の言葉を思い出す。

『わたしも、先輩がみんなを笑顔にしているところ、見たいです』

そう、これは約束！　これは、みんなを、そして今日の主役である聖花を笑顔にするため！　だから、きばれ俺！　恥を捨てて、みんなを笑顔に――――！

「「「「…………………………」」」」

「いえ～……あれ？」

そこで、ようやく彩人は会場の空気に気づいた。

しーん。水を打ったように静まり返る会場内。氷の彫像のように動かない人々。ていうか、まるでありえないものを見る目で自分を見ているみんなの視線が……

「きゃあああああああああ！」

「変態！　変態があああああ！」

「警備だ！　警備を呼べ！」

「なんなんだ、あいつは!?」

「あれえええええええええ!?」

そして会場中に響き渡る悲鳴。驚愕したり、警備を呼んでいるみんなを見て、彩人は心の底から驚く！　え、何で!?

「……先輩、何をしているんですか？」

「助手!?」

気づけば、すぐそばに青ざめた顔をした雪希の姿があった。ていうか、雪希のそばにいる奈々枝や静、冬夜も呆然としていた。

「いや何って、学内コンテストの時に助手と約束した罰ゲームだよ！」

「……忘れてました」

「え!?」

目の前の強烈な出来事に、雪希もようやく思い出した。

「というか、冗談でした」

「ええ!?」

「……というか、どうしてやっちゃったんですか？」

「えええええええええ!?」

本気で引いている後輩ちゃんの姿が信じられない。彩人は震える声で尋ねる。

「……やっぱりこれ、アウト？」

「超アウトです」

「オーマイガあああああ！」

完全にやっちまった。ショックのあまり彩人は頭を抱えた。

「そこを動くな！」

「大人しくしろ！」

「まさか清花院のパーティーで、あんな変態が出るとは！」

さすがは清花院家。何が起きてもいいようにばっちり警備員を待機させていた。

そこに屋敷の執事やメイドたちも加わり、さらには集まった人たちの中から強そうな男たちまで彩人に迫る。

「逃げるしかねえええええええええ！」

どう考えても逃げる以外の選択肢がない！　彩人は全力でダッシュ！

「くそ！　逃がした！」

「意外に素早いな！」

「出口を固めろ！　外に出すな！」

「うおおおおおおおおお！」

お金持ちのパーティー会場をふんどし一丁で涙ながらに駆け抜ける彩人。完全にアウトな光景だった。そして、ピンチだった。

「先輩！」

雪希はいてもたってもいられなくなり、すぐに彩人を助けようと動き始めた。

しかし、会場内は混乱しており――

「きゃ」

ワインを手にしていた女性とぶつかってしまう。その際、雪希のドレスがワインで濡れてしまった。

聖花たちも、どうにか彩人を助けようと動き始めたその時――

〜〜〜〜♪

歌声が響いた。それは、とても綺麗な旋律。どこまでも響き、透き通るような音色。

その神秘的な歌声に、騒ぎが一瞬で収まり……誰もがその歌声に聞きほれた。

――ひらり、はらり

「――美桜」

ふんどし姿の彩人は、桜の花びらを見た。

パーティー会場を舞い躍る、美しい桜の花びらを。

「……すげえ」

彩人だけではない。あれだけ騒いでいた人々がその全てを忘れて、美桜の歌声に聞き入る。やがて、美桜が歌い終わると……ぱち、ぱちぱちぱち……と拍手が生まれ、すぐに拍手喝采となる。会場にいる全ての人たちが、美桜に賞賛の拍手を贈っていた。

心が震え、感動したことへの感謝が、会場に溢れた。

『神崎先輩』

マイクを使い、美桜はなにげない声で彩人を呼ぶ。

『ありがとうございます。わたし、神崎先輩のおかげで歌えました』

――そして、美桜は可愛らしい笑顔になった。

――カシャ。

騒ぎが落ち着いたあと、彩人は清花院のお屋敷の中庭で、美桜の写真を撮っていた。一流の庭師によって常に管理されている庭園は一見の価値があり、清花院の権威を見事に表現している。もう少しすると、夏の主役であるひまわりが咲き誇るのだろう。

「こんな感じか」

「やっぱり、凄いです！」

彩人が撮ってくれたドレス姿の写真を見て、美桜は感嘆の声をあげる。

夏の美しい庭園に佇むドレス姿の少女。……まるで、本物のお嬢様みたいに写る自分を見て、美桜の心はトキメキまくりだ。最初は彩人を変態と思っていた美桜。でも今は、彩人の優しさも、写真に対する情熱も、理解し始めていた。

（……舞い散る桜の花びらは見えるけど、春日さんを撮るときは奈々枝の時のような凄い心象風景が発動しないな）

心象風景のきっかけは春日さんなのに、どういうこっちゃ？　と彩人は首をかしげる。

あの心象風景を使いこなせれば、春日さんをもっとよく撮ってあげられるのに……

ちなみに、彩人は恩人である美桜にふんどし土下座で「ありがとうございましたああああああああ！」とお礼を言った。あのあと、迷惑をかけたのにフォローまでしてくれた聖花にも同じように感謝した。

「せっかくだから、助手も撮ってみるか」

「カメラがありません」

今、雪希はメイド服に身を包んでいる。あの騒ぎでドレスがワインに濡れてしまったためだ。

白と黒を基調とした正統派メイド。普段つけているアクセリボンのかわりに、今は銀色の髪にメイドカチューシャがのっている。白いエプロンに、黒のスカート丈はロング。その長さが、またいい！

当然「可愛えええええええええ！」となった彩人。落ち着くまで、けっこうな時間がかかった。

普段とは違う後輩ちゃんの姿に、見慣れた今でも内心どきどきしてしまう。

雪の妖精が、メイドさんになってる……うん、可愛い！

清花院家には他にもドレスが沢山あるが、せっかくだからと雪希はメイド服を所望した。何気に雪希はこういうのが好きだった。

「じゃ、俺の貸すよ」

「ありがとうございます」

首から外したカメラを渡される。いつも使っているものより重さを感じた。

「……ご主人様は、美桜ちゃんと仲良くなりましたよね」

憧れのご主人様呼び！！！

不意打ちで「ご主人様」と呼ばれ、彩人はハートをぶち抜かれた。幸せ！

「いえ、何でもありません。撮り方、教えてください」

「あ、お、おう」

時折見せる、後輩ちゃんの変わった様子……彩人は戸惑いつつも頷く。

彩人と雪希が話をしている間、美桜は今撮ってもらった写真をオーディションアプリにアップする。すると、すぐに応援ポイントが増えてくれた。

「……神崎先輩の写真をアップした時が、一番増えるんだよね」

ぽつりとした、呟き。

「え、今なんか言った？」

「！」

右手でスマホを後ろに隠し、美桜は左手を振る。

「何でもありません」

そうして、何事もなかったように美桜は笑顔になった。

「美桜ちゃん、撮るね」

「うん」

——カシャ。メイド雪希が彩人のカメラでシャッターを切る。練習も兼ねて、ポーズを変えて何枚も。そんな二人を、彩人は少し離れた場所から見守る。

（……そういえば、こうして聖花とよく写真を撮ったな）

幼い頃の思い出。子供の時は、この屋敷がとても広く感じられた。冒険ができるくらいに。そしてこの庭園で、お互いを撮り合ったり、花壇の花を撮ったりしていた。

——彩人、こっちですわ

「——」

その瞬間、一面に咲き誇るひまわり畑が広がった。

そして、幼い聖花が自分を誘う姿が見えた。

幼い聖花は、白いワンピースをひらひらさせて、走っていく。その光景が現実の世界と重なる。幼い聖花はひまわり畑の中を走り、美桜と雪希の間をすり抜けて、消えた。

（……こんな心象風景まで見えるのか。……やっぱ、春日(かすが)さんと出会ってからだよな）

自然、幼い頃の思い出が蘇(よみがえ)る。今は夏。そういえば夏の日に聖花とひまわり畑で——

「……あ——————！」

「っ」

彩人が大声をあげたので、撮影中の雪希と美桜はびくっとする。見れば、彩人が頭を抱えた状態で固まっていた。

「忘れてた！」

頭を抱える彩人に、メイド雪希は尋ねた。

「グラビアアイドルの写真集の発売日をですか？」

「それはちゃんと覚えてる！　じゃなくて！」

彩人は思い出した。あの幼い夏の日。ひまわり畑で、自分は聖花にこう言った。

——俺が、聖花を世界で一番可愛く撮ってやる！

おっぱいに夢中で忘れてたあああああああああ！

「先輩、話してください」

物凄い焦りと罪悪感が生まれる中、促がされるままに彩人は雪希と美桜に話した。

「……ていう感じで、聖花との約束を忘れてて」

しかし話しながら、彩人は冷静になっていく。てか、恥ずかしさを覚える。

「……まあ、そんな感じで焦ったんだけど。よく考えたら、子供の頃の約束だし。今さら言われても聖花も困るよな。何で俺、慌ててたんだろ」

彩人は右手を頭の後ろにやりながら、たははと笑う。

「先輩」

「神崎先輩」

「え!?」

いきなり後輩ちゃん二人に接近される。雪希も美桜も真剣な表情をしていた。空色と桜色の瞳があまりにも綺麗で……心拍数が上がる。

「「大事なことです」」

「——」

　重なる二人の言葉に、彩人は何も言えなくなった。

「……それで、何の用ですの？」

　そのあと、彩人は聖花を庭園に呼び出した。まだパーティーは続いているので、聖花はなるべく早めに戻らなければならない。

「彩人？」

　風で花が揺れる。庭園の真ん中まで連れ出したのに、彩人は背中を見せたまま何も言わない。そして小さな声で、「恥ずい……でも、やるしかねええ」と呟いている。

　ちなみに、雪希と美桜は生垣の陰からこっそり二人の様子を見守っていた。

「聖花！」

「っ」

　覚悟を決めた彩人は、大きな声で聖花を呼ぶ。くるりと振り向いて、叫んだ。

「俺に、聖花を世界で一番可愛く撮らせてくれ！」

「――――」

　聖花の思考が真っ白になる。ざあ、と強い夏の風が吹いて、花びらが舞う。

「～～！」

　すぐに、聖花の顔がかあっと赤くなった。

「な、何、言って、ますの」

忘れられていると思っていた約束を、突然、しかも誕生会の日に言われて、聖花は動揺のあまり両手を組み合わせて視線を逸らしもじもじする。

内心に溢れるのは、素直な喜び。ありていにいえば、幸せが溢れていた。

「ぶっちゃけ、さっきまで忘れてた！　ごめん！」

「！」

勢いよく頭を下げる彩人に、聖花は驚く。そして、生垣の陰で「言わなくていいって言ったのに！」「さすが、先輩です」と美桜と雪希が呆れかえる。

「でも、あの約束を今ここで、果たしたい！　だから俺に聖花を撮らせてくれ！」

彩人の顔は真っ赤だ。それを見て肩から力が抜けた聖花は……微笑んだ。

「わかりましたわ。好きになさい」

「ありがとう！」

断られてしまうかもと心配していた彩人は安堵する。そしてすかさず、カメラを構えた。

ドレス姿の聖花は、まだ頬を染めている。というか、約束を守ってもらえることが嬉しすぎて、とくん、とくん、と心臓が高鳴りっぱなしだ。それを隠そうとしている様子が、さらに可愛らしい。

「……っ」

そして、彩人の真剣な姿。やはり、彩人はカメラを構えている時が一番カッコいい。

さっきまでふんどし一丁でいえ～い♪をしていたなんて信じられない。

聖花は彩人に恋をしている。のだが、当の本人に一切自覚はない。彩人が美桜を連れてきた時、内心で焦りや動揺を感じた。今もこんなにトキめいている。それでも恋心を自覚できない鈍感なお嬢様は、どこかのおバカな少年とよく似ていた。

——そして、世界が花で満ちた。

色とりどりの花が、どこまでも続く草原に咲き誇り、星のようにキラキラ輝く。
空には青空が広がり、爽やかな風が吹き抜ける。
（——聖花の心象風景も見えた）
心の目で、彩人は天国の花園を見る。
そして、その花園で何よりも輝く花——聖花。
（やば！）
ぞく！　と、鳥肌が立つ。全身が感動で震える。
今までに体験したことがないほど聖花の美の根源に触れ、魂が吹き飛ぶ。
感性のひとつひとつが結晶化し、弾け、生まれ変わっていく。
（……マジで、虹色の光を放つ神秘の花だ）
虹色の光を帯びて輝く聖花。その美しさを感じるまま、彩人はシャッターを切った。
——カシャ！

切った瞬間、天国の花園は消える。心象風景から、現実の世界へと切り替わった。そこは、清花院の庭園。先ほどと同じように、優しい夏の風で花が揺れている。

「――はあ、はあ！」

「！　彩人、どうしましたの!?」

がくりと膝をついて荒い呼吸を繰り返す彩人を見て、聖花は慌ててかけつける。

「やば！　超疲れる！」

フルマラソンをしたあとのような疲労感に彩人は荒い呼吸を繰り返す。

（そっか、これ。超集中するから疲れるのか）

奈々枝の時以上に心象風景の世界を感じたため、疲労感がハンパない。

でも楽しい！　もっと撮りたい！　けど、今は。

「それより、聖花。見てくれ」

「え、と」

心配してかけよったら、代わりにスマホの画面を見せられた。

夏の花が咲き誇る庭園で、ドレス姿の少女が微笑んでいる。

「――」

感動が。これまでにない感動が。聖花の魂を直撃する。

「――え」

一瞬、自分が天国の花畑にいる幻想が見えた。きらきらと虹色に輝く花々に囲まれて、生まれてはじめての感動が生まれていく。

「……あ」

気づけば、涙が頬を伝っていた。そんなつもりはなかったので、聖花は驚いて涙を拭う。でも、涙は止まらない。いつのまにか、花畑の幻想は消えていた。

（……ああ、わたくし、嬉しいんですわ。こんなにも素晴らしい写真で、約束を守ってもらえたことが）

「これで約束。守れたか？」

膝立ちもつらいので、ごろんと芝生の上に寝転がる。夏の青空は、見ているだけでめっちゃ気持ちよかった。てか、普通の人物写真にするはずが、元々おっぱいを強く表現するドレスなので、おっぱい写真になってしまった。やはり、Gカップは大きすぎる。つまり、めっちゃ嬉しいいいいいい！

「ええ、もちろん。――最高の誕生日プレゼントですわ」

涙をこぼしながら、聖花は花が綻ぶような笑みを浮かべてくれた。

「――」

疲れすぎてカメラを構える余裕がないのが本気でおしい。しょうがないので、彩人は心のフィルムに焼き付けることにした。

――幼馴染の女の子の、とびきり可愛い笑顔を。

7枚目 ■ 桜色の夢

「……応援ポイントが、足りません」

七月十三日。お昼頃。学園前のビーチにあるカフェに、彩人、雪希、美桜の三人は集まっていた。

数日前に海開きを迎えたビーチは、今日も水着姿のお客さんで賑わっている。そんな店内の一画で、神妙な面持ちの美桜はそう呟いた。

白いテーブルの上に置かれているのは、美桜のスマホ。画面に映るのは、オーディションアプリの美桜専用ページ。そこには、応援ポイント３４８１という表示。

二次審査通過に必要なポイントは、１万ポイント以上。余裕で足りていない。

「……」

正直、この事態を懸念していた彩人は……何も言えなかった。

アイドル事務所での二次審査配信のあと、大きく変動したポイントとランキング。聖花の誕生会で撮った写真で、１０００ポイント以上のアップをしたけれど……それ以外に、美桜のポイントに目立った変化はなかった。

もちろん、あれから彩人はさらに多くの写真を撮ってアップしたり、美桜も他のアイドル候補生と同じように動画の配信などもしていた。歌や踊りのレッスンにも今まで以上に懸命に取り組んでいる。……それでも、結果に繫がらない。

「期日って、七月二十日だったよな?」

まだ時間はあるけれど、それだけだった。もはや、状況は二極化されてしまっている。増える子は今もポイントが増え続けているし、美桜のようにポイントが増えない子は、ずっと停滞したままだ。ファンの人たちの間でも、推したいアイドル候補生が固まり、ポイントを集中させているように見えた。

「……」

彩人は、拳を握りしめる。悔しさが、生まれた。これまで、美桜の写真を撮って協力してきたが……ちゃんと力になれていない。入賞経験があっても、このオーディションにおいては、自分の写真はこの程度……胸が痛くなる。

二十日までにポイントが1万を超えなければ、美桜は当然失格となる。

彩人はさりげなく、自分のスマホで飛鳥の応援ポイントを確認した。数字を見てぎょっとする。10万6200ポイント。……彩人はアプリを閉じた。

「……」

美桜は、何も言わない。

たぶんこの時点で、美桜は理解しているのかもしれない。このあとの、結末を。

雪希もわかっているから、何も言えないのだろう。彩人も同じだ。このままでは、美桜は二次審査を通過できない。今までと同じように写真を撮っても、美桜の力になれない。

「……ごめん、春日さん。俺、今日から春日さんの写真を撮るのをやめる」

「っ」

伏せられていた美桜の顔が上がる。桜色の瞳が不安とショックで揺れていた。

「でも俺は、春日さんを見捨てるわけじゃない。なるべく早く戻る。だから、俺を信じてくれ！　うおおおお！」

言うなり、彩人は燃え盛るように走り出した。それを、雪希が呼び止める。

「先輩、待ってください！」

「なんだ!?　今の俺は何があっても止まれねええええええ！」

「先輩、自分の分のジュース代を払っていません」

彩人は速攻でUターン。

「ごめんよ！　釣りはいらねえ！　てか今日は俺のおごりだ！」

テーブルの上に代金を置いてから、彩人は速攻で走り出した。

「……神崎先輩、どうしたんだろう？」

捨てられた子犬みたいな瞳で、美桜は雪希に尋ねる。でも、雪希は微笑んだ。

「大丈夫だよ、美桜ちゃん。きっと先輩がなんとかしてくれる」

「……」

美桜は、涙がこみ上がる。

「だから、わたしたちはわたしたちで、できることをしよう」

「……うん」

涙をこらえて、美桜は頷く。まだ終わっていない。協力してくれる彩人と雪希のためにも、美桜は顔をあげた。

「沢山ポイントをもらえている子たちのことをもっと研究してみよう」

「うん。わたし、もっと歌やダンスの練習も頑張る」

それから、美桜は今までどおりレッスンに励み、雪希の協力を得つつ、他のアイドル候補生を参考に、新しい動画配信などを行った。

彩人はこの日以来、すっかり姿を見せなくなり、連絡もなくなった。

――そうして、あっという間に時間が過ぎた。

――美桜と雪希が小学生の頃。

美桜は海辺で開かれた夏祭りの歌自慢コンテストに参加した。

アイドルを目指している美桜にとっては、大勢の人の前で歌うチャンス。

憧れのアイドルに少しでも近づけるように、幼い美桜は勇気を出してエントリーした。

親友の雪希と湊に協力してもらい、毎日、放課後の教室や公園、雪希たちの家で一緒に練習をした。

そして、お祭り当日。

浜辺に沢山の屋台が並び、提灯の灯りや人々の着物姿で華やかに彩られる会場で、美桜は……緊張のあまり、歌えなくなってしまった。

ステージに上がった瞬間、沢山の人から見られていることを意識して——声が出なくなってしまった。

それが、自分がプレッシャーに人一倍弱いことを痛感した瞬間だった。

「美桜ちゃーん！」

「頑張れー！」

観客席で、応援に来てくれた雪希と湊が励ましの言葉を贈ってくれる。

それが嬉しくて。この日のために雪希と湊も協力してくれたことを思い出して。だから、二人のためにも歌わなきゃと思うのに……どうしても、声が出ない。代わりに涙が浮かんで、身体が震え始めてしまう。

そうして、いつまでも歌わない美桜に観客の人たちが戸惑い始め、司会を務めているお姉さんが美桜のことを想い、棄権をさせようとした瞬間——

「あの、マイクもうひとつ、ありますか？」

とうとう泣き始めてしまった美桜に、そんな声が聞こえてきた。

「美桜ちゃん」

気づけば、雪希がステージにあがり、自分のすぐ目の前にいた。びっくりする美桜の手を、雪希は優しく包み込む。

「一緒に歌おう。美桜ちゃん」

～～♪　驚きのあまりまだ動けない美桜に代わって、雪希はマイクで歌い始めた。手は繋がれたまま、美桜のお手伝いで、一緒に練習した歌を。

「――っ」

～～♪　決意して、美桜も歌い始める。涙をぬぐい、繋がれた手に力を込めて。

「『～～♪』」

歌声は、重なる。お祭りの夜に、響き渡る。最初は驚いていた湊も、やがて笑顔になり、その笑顔は他のお客さんたちにも広がった。

――そうして美桜は、ちゃんと歌い切ることができた。

七月二十日。清風学園が、夏休みに入った。そして、二次審査の最終日。

「……あはは。やっぱり、駄目だった」

幼い頃の夢を見て。目覚めてすぐに、ベッドの中で、美桜は悲しそうに笑った。

応援ポイント数、３９８９。

カーテンがひかれ薄暗い部屋の中で光るスマホには、そんな数字が表示されていた。

一晩寝て起きれば、一気にポイントがあがっているのではないか……冗談半分に思っていた願いは、当たり前のように叶わない。

「……飛鳥ちゃん、本当に凄いな」

二次審査の間、常に1位に輝き続ける少女。

応援ポイント数は、20万3246。

『一緒に、アイドルになろうね』……幼い頃の記憶が蘇り、美桜の視界をにじませた。

「それにわたし……いつもみんなに助けられてばかりだ」

涙が零れて頰を伝い、スマホの上に落ちた。


「おはよう」

「おはよう、美桜。……どうだった？」

リビングへ降りると、美桜は母に挨拶をした。美桜の母は、一目見て様子がわかったけれど、それでも尋ねた。

「ごめんね、お母さん。いっぱい応援してくれたのに」

「……そう。今、朝ご飯の用意をするからね」

アイドルになりたい……その夢を、両親は応援してくれた。申し訳なくて、泣きたくなる。～～♪　と、台所へ向かう母の後ろ姿を見ていたら、スマホが鳴った。

『おはよう。美桜ちゃん、起きてる？』

雪希からのメッセージだった。美桜はすぐに返す。

『おはよう、雪希ちゃん。起きてるよ』

『今日も頑張ろうね』

「……」

胸が痛くなる。あんなに協力してもらったのに、結果が出せなくて。それでも変わらず協力を申し出てくれる親友の存在が、嬉しくて。

『ありがとう、雪希ちゃん。でも、もう大丈夫』

返信を待たず、美桜は続ける。

『今回は駄目だったけど、また次のオーディションで頑張るね。あんなに一生懸命手伝ってくれて、本当にありがとう。神崎先輩にも、そう伝えて欲しい』

彩人は、美桜の写真を撮るのをやめた。雪希は、彩人が絶対になんとかしてくれると言ってくれたけど……もしかしたら、もう無駄だと思われたのかもしれない。

「ううん。神崎先輩は、そんな人じゃないよね」

信じられないことに、自分のおっぱいを撮るために頑張ってる先輩だけど……いい人なのは、もうわかっている。……でも、どっちにしても、自分の夢は……

「お母さん、出かけてくるね」

「……朝ご飯はいいの？」

「うん。外で食べてくる」

弱々しい笑みを見せる愛娘に、美桜の母は何も言えなかった。

美桜はそのまま家を出て……夜になっても、帰らなかった。


夜の海辺に、静かな波音が響いていた。

空には三日月と、満天の星。

一人、砂浜に体育座りをして、美桜は潮風を浴びていた。

「……」

自分の夢が終わったことを悟った美桜は、あてどなく街をさまよった。

どこかに自分の居場所を求めるように、ただふらふらと。

その間、結果がわかっていてもついアプリを見てしまう。

当然、応援ポイントは伸びない。自分のポイントは、３９８９のまま。

今日が、二次審査最終日。夜の零時までに1万を超えなければ、失格になる。スマホの時計に目を向ければ、今は二十二時くらいだった。

タイムリミットは残り約二時間。

「……終わっちゃった」

膝の間に顔をうずめて、心から湧き上がる気持ちを必死にこらえる。けれどそれは無駄な抵抗だった。桜色の瞳からは純粋な雫が零れ落ちて、膝を伝って砂浜へ落ちていく。

泣かないようにすればするほど、涙は溢れて止まらない。

この経験を活かして、また次のチャンスを頑張ればいい。そう思い込もうとしても、この気持ちは、どうすることもできなくて……

「美桜」

「――」

夜の海辺に、少年の声が響いた。美桜が顔をあげれば、そこには彩人がいた。今日もカメラを首から下げていて、レンズが月光を反射している。

「……神崎先輩」

泣いているところなんて見られたくなかった。

「ごめんなさい、駄目でした」

だからせめてもの強がりで、美桜は笑ってみせる。

「神崎先輩に、いっぱい協力してもらったのに……やっぱりわたし、アイドル、向いてないのかもしれません」

その泣き笑いの顔を見て、彩人の心に痛みが走る。彼女は今、現実に打ちのめされている。夢を諦めようとしている。それが、わかるから。

「美桜」

だから、彩人は言う。万感の想いを込めて。

「俺に、美桜を撮らせてくれ！」

一瞬、瞬きを忘れた美桜は、あの夜のことを思い出す。その内容が意味するところを把握して恥ずかしさや驚きが生まれるも……すぐに、答えを出す。

「はい、いいですよ」

あんなに協力してもらったのだ。彼が撮るおっぱい写真が真に芸術を求めるものであることもわかっている。だから、美桜は頷いて——

「おっぱい写真のことじゃない。俺が今撮りたいのは、美桜——君だ！」

「……どういう、意味ですか？」

言葉の意味がわからず、美桜は瞬きをする。

「まだ終わってない。——これから、二次審査を突破する！」

「……」

ようやく彩人の意図するところを悟った美桜は、力なく微笑んだ。

「無理ですよ、神崎先輩」

そんなこと、できるわけがない。本人が一番よくわかっている。痛いほどに。

むしろ彩人の気持ちは、悲しみを乗り越えて整理をしていた心の傷を抉る行為だ。

「この一週間、わたしの応援ポイントはほとんど増えませんでした。残り時間は、二時間。

これ以上、ポイントが増えるわけありません」

やるだけのことはやった。その結果が、これなのだ。もう、どうしようもない。

「いや、増える」

——その瞬間、彩人の覚悟が本物であることを知った美桜は、恐怖すらおぼえた。

「俺にできるのは、写真しかない。だから俺は、これから美桜を全力で撮る！」

「……でも」

美桜の視線が自然に砂浜に堕ちる。胸の前で怯えるように両手を握り合って、震える。

もう、十分思い知ったのだ。今の自分じゃ駄目なこと。どんなに頑張っても、全然足りない。結果が出ないことを。……自分は、飛鳥のようにはなれないことを。

痛い、怖い、つらい、苦しい、やめたい……全力で頑張った自分を否定される現実は、もういや。……それを、これ以上味わうなんて、したくない。

「あの夜、君とこの浜辺で出会った時、俺は奇跡を見た！」

現実に打ちのめされている美桜の思考が、その大声で断ち切られた。

「月明かりの下、桜舞い散る浜辺で歌う少女。その美しさに、俺は心の底から感動した！」

本気の言葉、心の、魂の奥底からの言葉が、美桜の心にぶつかっていく。

「俺はその美しさを、素晴らしさを、みんなに伝える写真を今ここで撮る！　そして君を、最終オーディションに送り出す！」

「……っ」

最終オーディション。子供の頃から憧れていた夢の舞台。その気持ちを思い出して心が痛くなり、涙がまた溢れる。

「……そんなに真剣にならなくてもいいですよ」

ぽたぽた、涙が砂浜を染める。

「また、チャンスはあります。そんなに熱くならなくてもいいです。単に、夢見がちな一人の女の子がアイドルを夢見ているだけの話ですから」

涙で、うまくしゃべれない。

「……そこまで、大事な、ことじゃないですから」

「大事なことだ」

「っ」

弾（はじ）けるように美桜は顔をあげた。

「アイドルに憧れて、美桜はずっと努力してきた！　結果が出なくて、悔しくて、泣いている！　その夢は、気持ちは、何よりも大事なことだ！！！」

——吹き飛んでいく。美桜の心を浸食していた黒い何かが、彩人の言葉で、遥（はる）か彼方（かなた）へ。

からっぽになった美桜の心に、また声が響く。

「歌ってくれ、美桜！　あの夜と同じように！」

少年はカメラを構え、涙を月灯（あか）りで輝かせる少女をファインダーに収めた。

「……無理ですよ」

自分より早く、自分よりたくさんの応援ポイントを獲得している子が、沢山いる。

「それに、応援ポイントをクリアしても、必ず二次を通過できるわけじゃありません」

飛鳥は、自分よりも遥か遠くにいる。

「アイドル事務所で受けた審査も合わせて、総合的に判断されるんです。だから、ポイントを集めても、きっと駄目です」

審査の様子が配信されても、自分のポイントは変わらなかった。

その理由がなんなのか、わからない。でも、それが現実。自分は他の子よりも——

「……俺は、ずっと見てきた。美桜の頑張りを。そして、助手からも聞いている。美桜が小学生の頃から、毎日努力を続けてきたこと」

美桜の心が折れていることを感じた彩人は、必死に言葉をかける。

「美桜には、今までずっと積み重ねてきた想（おも）いと努力がある。だから、きっとできる」

根拠がなければ、彩人も動けなかった。でも、そうじゃない。美桜は、ずっと努力を重ね続けてきた。何年も前から、毎日、毎日……

彩人も、そうだ。冗談でも何でもなく赤ん坊の頃からカメラに触れ続け、星の数ほどシャッターを切り続けてきた。だから、絶対にできる。

「俺は美桜を信じている！　君は、美しい！」

自分の中のスイッチを入れる。現実と心の中の景色の境界線をリンクさせていく。

「でも、俺一人じゃあの奇跡は撮れない！　美桜が、美桜自身を信じて、はじめて撮ることができる！」

心象風景――彩人はもう一度、あの夜に見た桜を追い求める。

一週間。この瞬間のために、彩人は聖花と奈々枝に頼み、特訓をしてきた。全力全開の心象風景を発動するために――

「あとで俺のことを、勝手に熱くなったバカだって笑ってもいい！　でも今この瞬間だけは、信じてくれ！！！」

魂の限り、彩人は叫ぶ。

「俺は美桜を信じる！　だから、美桜も自分を信じてくれ！！！」

「――」

彩人の想いが、美桜の心を直撃した。――その瞬間、全てが変わった。

「……っ」

美桜は、涙を拭う。突然、どきどきと心臓が高鳴り始める。どうしてか、三日月と星空がとても綺麗に見えた。胸の中が……熱い。

……美桜は、すう、と息を吸って――歌う。

「～～♪」

――瞬間、世界が真っ白に染まる。

ひらり、はらりと、桜が舞い始める。

心象風景。美桜のイメージを彩人は心の目で見る。一週間の努力が報われ、今までで最大の心象風景が展開している。でも、足りない。まだ全然足りない。もっと、もっとだ。意識をこの世界に集中させ、さらにさらに浸透させる。

「……っ」

月が消える、星が消える、波音も、潮風も、砂浜の感触も全てが消える。

白。

白い世界に、自分と美桜だけがいる。そして、桜が舞っている。

「――」

完全に、彩人は心象世界に入り込んだ。彩人にはもう、本当に、美桜と桜だけしか見えていないし、聞こえてもいない。

ここまで心の世界に入り込んだのは、いや、入り込めたのは生まれてはじめてだ。

桜色の美

それが、彩人の心を全て染め上げた。

桜色の瞳と髪が輝き、透き通る歌声がどこまでも響く。

美しい。その美しさに、全身の細胞が震える。そして同時に、

おっぱい

思考が消し飛ぶ。桜舞う世界で歌う少女のおっぱいが、美しい。

撮りたい。この美を、この手で芸術としてこの世界に表現したいという願望が凄まじい威力で彩人の魂を直撃する。

「っっっっっっっっ」

たぶん、もう、美桜の心象世界をここまではっきりと見ることは二度とできない。彩人の全力と美桜の覚悟が奇跡を呼んだ結果だ。

今この瞬間にあるおっぱいは、今この瞬間にしか撮れない。シャッターを切れば、この心象風景は消える。今この瞬間をのがせば、この奇跡のおっぱいは永遠に撮れなくなる。そんなこと、できるはずがない。

――でも今は、その時じゃない。

今の自分の全ては、この桜色の少女の美を表現することにある。だから彩人は、おっぱい写真を頭の隅に追いやり、春日美桜という少女に自分の全てを捧げる。

美への感動が止まらない。魂の奥底まで、感動が彗星のように駆け抜ける。魂の中は無限であることを、今、理解する。

——カシャ。


全てが、桜色に染まり切った瞬間、彩人はシャッターボタンを押した。

「ぜぱぁ！　はあ、はあ、ぜえ、は！」

途端、魔法が解けたように桜色の世界が消えた。夜の海辺が一気に戻ってくる。

同時、ばくばくと心臓が高鳴り、襲い来る疲労感に立っていられなくなる。ずしゃ、と砂浜に膝をついて彩人は荒い呼吸を繰り返した。

「神崎先輩！　大丈夫ですか！」

突然、砂浜にくずおれた彩人を心配し、美桜が慌ててかけよった。

「美桜、写真。ぜえ、は、アップ、しよう」

「……で、でも、神崎先輩が」

「俺は、平気だ。は、はあ、それ、よりも……」

彩人の気迫に背中を押されるままスマホを見た美桜は、呼吸を忘れた。


月明かりの下、浜辺で歌う少女。

「――凄い」

電流のように、感動が全身の細胞を駆け巡った。桜色の瞳と髪が月の光で綺麗に輝いている。美桜の表情と、髪が潮風に靡いた瞬間を見事に切り取った構成になっていた。

彩人の言葉で決意を込めて歌ったことが功を奏している。涙を零しながら、それでも懸命に歌う一人の少女の力強さが、美しさへと昇華されていた。

美桜は、すぐさまオーディションアプリを起動し、その写真をアップした。頭の中は、彩人が全力で撮った写真を無駄にしてはいけないという想いでいっぱいだった。

「……」

投稿ボタンをタップした瞬間、身体だけじゃなく心も脱力感に襲われる。

「……あの、神崎先輩。本当に、ありがとうございました」

何でだろう。……嬉しい。嬉しさでまた泣きたくなって美桜はお礼を言う。

「――て、本当に大丈夫ですか!?」

「ぜえ、はあ、はあ、お、おう……大丈夫、だ。かはっ！」

「大丈夫そうじゃないんですけど!?」

いまだ不規則な呼吸を繰り返し、今にもぶっ倒れそうになっている彩人。その様子は尋常じゃない。汗も凄い。

「……はあ、はあ、うお、マジやばいこれ」

ここまで心象風景を全力で使ったのは生まれてはじめてだ。あのまま心象風景の世界から戻ってこられなくなりそうな恐怖があった。この激しい疲れは、限界突破で意識を全開にした反動なのだろう。あ、アカン。彩人は大の字で寝ころんだ。

「……本当に、何で、そんなに頑張ってくれるんですか」

小さなつぶやきが、美桜から零れる。ここまでしてもらう義理なんて何もないのに。

「……もったいないと思ったんだ。ぜえ、はあ……美桜のその美しさが、理解されないまま終わっちゃうのは」

「――」

美桜の頬が赤くなる。目の前の男の子が、自分のことを本気で美しいと思っているとわかって。心が恥ずかしさで溢(あふ)れかえる。

……♪　……♪♪　……♪♪♪♪

「……え？」

呼吸を整える彩人を気遣っていると、美桜のスマホが連続して音を奏で始めた。これは、オーディションアプリの通知音だ。

「……嘘(うそ)」

画面を見た美桜はそう呟(つぶや)いたきり、絶句する。桜色の瞳にスマホの灯りを映したまま、固まる。なぜなら――

応援ポイントが凄まじい速度で増えていた。

「か、神崎先輩」

「お、おう。ぜえ、ぜえ、どした？」

正直、今すぐ寝たい彩人はそれでも返事をする。

「こ、これ……」

震える美桜の声。通知音は鳴りやまず、応援ポイントはどんどん増えていく。

やがて、二次審査突破に必要な1万ポイントをあっという間に超えた。

「……まだ、止まらない」

だが、そのことに感激している余裕がない。だって、ポイントはまだ増え続ける。さっきから次々と数字が更新されていく。

「……ご、5万？」

見間違い？　故障？　アプリを一度切って、もう一度再起動してみても、ポイントが増え続ける画面がまた表示されるだけだ。

それから、数十分の間、美桜はスマホの画面から目が離せなかった。砂浜に女の子座りでスマホを見つめ続ける美桜の隣で、ぶっ倒れたままの彩人は、月と星々が輝く夜空を見上げている。

波音を聞きながら、潮風を浴びながら、疲れた心と身体を休め続けた。

「……じゅ、10万、超えちゃいました……」

こんなこと、あるはずない。写真一枚で、こんなこと。あるはずないのに、でも今——

『桜が見えた』

「……桜？」

ファンからの不思議なコメントに、美桜は疑問符を浮かべる。今は夏。写真のどこにも桜は写っていないのに——いや、それよりも。

美桜は彩人の方を振り向いた。彩人はまだ疲れ切った様子でぐでっとしていた。

「あの……神崎、先輩？」

夢、だろうか？　でも、潮風の香りも、砂浜の感触も、夢じゃない。

「おう。おめでとう、美桜」

「——」

これが現実であるとわかった瞬間、美桜の中で何かが弾けた。

「神崎先輩！」

「て、うおおおおおおお!?」

ふわりと優しい香りがしたと思ったら、今度は柔らかな感触。気づけば、美桜が彩人を思いきり抱き締めていた。

「ありがとう、ありがとうございます、神崎先輩！……こんな、こんなことって……」

そして、ぼろぼろと涙を流し始めた。感極まっている美桜の身体は、嬉しさと驚きで震えている。しかし彩人はそれどころではない。

おっぱいがあああああああああああああああああああああ！

遠慮も容赦もなくぎゅううと抱きしめられているので、美桜のFカップの見事なおっぱいやら身体の感触やらが襲い来る。

「わたし……頑張ります！　自分を信じて！　今までよりも、もっと、もっと、全力で！　神崎先輩が、奇跡を見せてくれたから！」

「……」

いや、マジでできてよかった。美桜の魅力がちゃんと伝われば大丈夫だと信じていたけど、結果が出るまでは彩人も内心ビクビクだった。無理をして頑張った甲斐があった。

「うぅ～」

美桜はまだ泣いている。ぎゅううと彩人を抱きしめたまま。香りが甘すぎて、美桜の身体が柔らかすぎて、そして美桜のおっぱいが素晴らしすぎて……うん、もう限界。

「というわけで、寝る。おやすみ」

「え、ここでですか!?」

心象風景の反動が思ったよりでかすぎる。そして美桜のおっぱいに感激しすぎて気絶コース確定。このまま寝るしか選択肢がない。

「気にせず、置いてっちゃっていいから。じゃあ、お疲れ」

「いや、そんなわけには……て、ホントに寝てる!?」

彩人はそのまま本当に寝てしまった。完全に意識を手放している。でも、やるべきことをやれたことですっきりとした寝顔だった。美桜はもう、状況についていけない。

「……おかしな先輩ですね」

美桜は彩人の頭を優しく自分の膝の上にのせる。そして、微笑(ほほえ)んだ。

「……本当に、ありがとうございます、神崎先輩」

波音に心地よさを覚えながら。

月灯(あか)りに照らされる彩人の寝顔を見つめ、美桜はそう呟いた。

8枚目 ■ 通い妻……もとい、通い後輩ちゃん

彩人の家は、海の目の前にあった。

白を基調としたその家は、建物と呼ぶよりも芸術品と表現するのがふさわしい。

芸術家の両親がこだわりを詰め込んだため、内装もハイセンスなデザインで統一され、どの部屋も海を最大限楽しめる造りになっている。

じゅうううう……。そんな家の台所に、美味(おい)しそうな音が響いた。

「うわ！　いい音！」

「フライパンに手のひらをかざして熱を感じるまで温めるのがコツです」

銀色の髪にアクセリボン、夏用のワンピースの上からピンクのエプロンを纏(まと)う後輩ちゃんは、手際よく卵焼きを作っていく。

「三回に分けて焼いていきます」

「へえ～、こうやるのか」

本日は、食生活が壊滅的な彩人を見かねた雪希(ゆき)による、お料理教室。夏休みに入ってお弁当を渡せなくなったので、お宅訪問することにした。

「ふわっふわっ！」

あっという間に卵焼きが完成。白いお皿の上に、色鮮やか、かつ、ふわふわの卵焼きがのっかっている。

「なんかもう、芸術品として飾りたい」

「じゃあ、飾りましょう。食べないでください」

「いただきます！」

速攻で口の中へ入れると柔らかな幸せが広がった。

「うまい！」

「それなら、よかったです」

純粋に彩人の口に合ったのが嬉しくて、雪希は微笑んだ。

「先輩。こんな感じで料理を教えに来ます。少しずつおぼえて、いずれは一人で料理ができるようになってください」

「え!?」

夢のような申し出に、彩人は驚く。

「いやですか？」

「そうじゃなくて！……わざわざ料理教えに来るとか大変すぎないか？」

「そうでもないです。それよりも、先輩の食生活が壊滅的なままの方が落ち着きません」

自分もキッチンテーブルに座り箸で卵焼きをつつきながら雪希はそう言った。

「先輩が一人前の料理系男子になってくれればわたしも来なくてよくなりますから、頑張ってください」

「道のりが遠そう……」

「一回千円でいいです」

「金とんのかい！」

冗談ですと言いながら雪希は窓へ視線を向けた。

「そういえば先輩の家ははじめて来ましたけど……いい家ですね」

キッチンの隣のリビング……その壁の一面が全てガラス張りになっており、海が見える。

「まるで、一枚の絵画のようです」

「ああ。実際、そのつもりで造ったらしい」

彩人は立ち上がってリビングのCの字形のソファの背に手をかける。そして動かした。

「こんな感じで、ソファをテレビの方に向けたり海の方へ向けたりできるようになってる。あとなんか、このソファは外国製の家具でいい奴らしい」

「さすがは芸術家の家ですね」

ちらりと目を向ければ、あちこちに一般家庭にはない類の調度品やら絵やら壁やらがある。

「いや、ウチが特殊だと思う」

感性がぶっ飛んでいる両親の顔が即座に浮かんだ。

まあ、それはそうと、彩人はずっと思っていることがあった。

後輩の女の子が俺の家にいる！　いやマジで緊張するうううううううううう！

過去、この家には聖花や奈々枝といった美少女が訪ねてきたことは何度もある。が、雪希ははじめて。いつも学校や部室でしか会わない女の子がいることが落ち着かない。

さらには今日、料理まで教えに来てくれた……これもう、俺のこと好きなんじゃね!?　だって、なんかいつも一緒にいてくれるし！　おっぱい撮りたいとか言ってもついてきてくれるし！　いくら心配だからって男子の家に料理作りに来る!?　いやでも勘違いだったら恥ずかしいいいいいいいいいいいい！

「いや、慌てるな、俺」

「何を慌ててるんですか？」

「すまん、こっちの話！」

後輩である雪希の自分への気持ち……今まで何度も考えてきたことではあるが、やはり今までどおり彩人は保留にすることにした。

「それじゃあ、帰ります」

「え、もう？」

「はい」

言いながら雪希は食器をてきぱきと片づけ始める。あっという間に綺麗になった皿や箸は、水切り籠に置かれた。

「それでは、失礼します」

そしてカゴバッグを手につつがなく玄関へ。全ての動作に一切の無駄がない。やはりこの後輩ちゃんは優秀だ。

「先輩、本当にありがとうございます」

　お礼を言うのはこっちでは？　と思う彩人に靴を履いた雪希は続ける。

「美桜ちゃんのこと。先輩のおかげで、美桜ちゃんは夢に挑戦することができます」

「あ、おう」

　二次審査最終日の夜。彩人は、絶望していた美桜を救った。

　そして、美桜は無事に二次審査を通過した。

　以来、美桜は生まれ変わったように強くなった。最終オーディションに向けて、今日も全力でレッスンに励んでいる。自分を信じられるようになったようだ。

「俺にできるのは写真くらいだから……頼りないかもしれないけど、できる限りのことはするよ」

「……」

　雪希が美桜を親友として大切に想っていることは、もう十分わかっている。おっぱい写真のことを置いといても、彩人も美桜に協力したいと感じていた。

「？」

　じ、と。雪希に見つめられる。空色の瞳が、今日も綺麗だった。

「先輩、それでは」

「あ、おう……ありがとな」

今の間はなんだったのか？　尋ねる間もなく、扉が締められる。雪希を見送った彩人はそのままリビングに戻り、ソファにどさっと倒れこんだ。クーラーの風が心地いい。

「あー、なんだろう。卵焼き作ってもらっただけなのに超緊張した～」

いつも部室で会っているのに家だとなんか違う。彩人はそのことをよく理解した。

「……ていうか、後輩ちゃんのエプロン姿が可愛（かわい）すぎた」

そして、後輩ちゃんのエプロン姿を思い出し、一人悶々（もんもん）とするのだった。

ざざーん……

彩人の家を出た雪希は、波音を聞きながら海沿いの道を歩く。クーラーのきいた家から一歩出れば外は真夏の世界。すぐに汗が雪希の白い身体（からだ）を伝い始めた。

「……はあ」

緊張がとけて、思わずため息。思ったより自分が張り詰めていたことを実感する。

（……お宅訪問はやりすぎだったかな）

彩人の健康が本気で心配だったので、お弁当の延長ということで料理を教える提案をしてしまった。

雪希は彩人のことを信じているけれど……家の中に男女が二人きり。二人きりなのは部室でも変わらないけれど……でも、家と部室ではやっぱり違う。

彩人も、男。もしもの時は、雪希は力ではかなわない。

（……やっぱり、心配はないかも）

考えたら、大丈夫かもと雪希は気づく。もしそうなっても、彩人はすぐに気絶する気がする。……なんて、そもそも彩人にそんな度胸はないし、女の子が悲しむようなことはしない人だ。それはもう、雪希には十分わかっている。

キラキラ輝く青い海に目を向ける。いったん気分をクリアにしてから、もう一度考える。

——自分は、彩人のことが好きなのだろうか？

彩人を見ていると自然と世話を焼きたくなってくる。

それにたぶん、保育園の頃は、たしかに好きだったように思う。

彩人が聖花や奈々枝と親しくしているともやもやしたりする。

最近では、親友の美桜が彩人に心を開いていく様子を見ていると落ち着かなくなったりもした。

（……まだ、わからない）

保育園時代の想いを追いかけているだけなのか……それさえも、わからない。

だから今は、このままがいい。

恋か友情か、ただの後輩心かはわからないけれど……とりあえず、あのおバカな先輩のそばにいたいという気持ちだけは、本当のものだから。

「……それに、先輩はやっぱり凄い」

あの絶望的な状況をひっくり返し、美桜を救ってくれた。……本当に、感謝してもしきれない。彩人のおかげで、美桜は夢に向かって努力することができる。

——そして、その最終オーディションはもうすぐ……

「……」

雪希は、自分の胸に手を当てる。思い浮かぶのは、懸命に努力する美桜と……彩人の姿。

「……わたしも、いつか」

あんなふうに、夢中になれるものを見つけたい。

心の中で、そう呟いて。

いつかの未来を夢見て、雪希は歩き続けた。


キイ、キイ……

夜の公園に、物悲し気な音が響く。

街灯の灯りに照らされながら、一人の少女がブランコをこいでいた。

ゆっくりと、前へ、後ろへ。鎖のつなぎ目がこすれ合う音が、繰り返される。

キイ、キイ、キイ……

「……」

ふいに、少女はこぐのをやめた。物悲しい音が消えて、辺りには静寂が満ちた。

……ざざーん。海が近いから、波音は割と大きく聞こえる。潮の香りも濃い。夏だから、薄着をしているけれど、汗ばんでしまう。

——明日は、オーディション本番。

「——」

美桜は、ブランコの鎖を握る。彩人のおかげで、繋がった夢。とうとう、その時がやってくる。明日、自分はオーディションの最終審査へ望む。大勢の観客の前で、歌と踊りを披露する。……本物の、アイドルみたいに。

「……大丈夫！」

不安を吹き飛ばすように、勢いよく美桜は立ち上がった。急に放されたブランコが、抗議するように跳ねながら音をたてた。

「ちょっとだけ、練習」

あの日から、自分は生まれ変わった。自分を信じることの大切さ、強さを、彩人に教えてもらった。だから、自分を信じて、頑張る！　美桜はダンスの練習を始めた。

（ワン、ツー、スリー、フォー……）

心の中でリズムを刻みながら、ステップを踏む。ずっと練習を重ね続けて、完全に自分の身体になじんだダンス。このダンスで、自分は最終オーディションに挑む。

「っ、きゃ!?」

何でもないところで靴が滑り、バランスが崩れて転びそうになる。一瞬、恐怖を感じると同時、どうにかバランスをとって体勢をたてなおした。

「……はあ、……はあ、……は」

気づけば、汗をかいていた。呼吸も乱れている。そして今、足首が変な形になっているのに力を入れてしまった。痛みが、生まれていた。

「……」

足をくじいた。すぐにそんな考えが生まれ、明日のオーディションのことが頭をよぎる。でも幸いなことに、痛みはすぐにひいてくれた。足首を回したりしても大丈夫だ。

「……はあ、びっくりした」

危うく全てを台無しにしてしまうところだった。美桜が安堵したその時――

「よっしゃあ! コンビニチキンゲットー♪」

のんきな声が響いた。はっとなって美桜が顔を向けると、その視線の先に、よく見知った先輩の顔があった。

「一個だけ残っててラッキー♪ 公園で食べよ～おおおおおお落としたあああああああああああ! え、嘘、ええええええええ!?」

独り言を言いながら公園に入ってきた先輩は、さらに騒がしい独り言を披露する。

「わんっ！」

「うお！　犬！　あ、俺のチキン！」

野良犬は彩人が落としたチキンを口にくわえると、だーっとどこかへ走り去った。

「嘘、だろ」

がくっと先輩は膝をつき、落ち込んだ。けれど、すぐに立ち上がる。

「ま、まあ。野良犬の餌になったならいいか。腹減ってたかもだし。……あれ、野良犬に餌あげていいのか？　あれ、大丈夫か？」

そして立ち尽くしたままあれこれ心配し始める先輩。美桜は思わず、くすりと笑いが零れた。

「何してるんですか、神崎先輩」

「うおっ!?　春日さん!?　え、何でここに!?」

今の見られたああああああああああ！　と彩人は凄まじい恥ずかしさに襲われる。

何で俺はカッコいい姿を後輩に見せられないんだ!?

「神崎先輩、ここ。空いてますよ」

ブランコに座っている美桜は、隣のブランコの椅子をぽんぽん叩いた。

「え、おう」

え、これ、春日さんの隣に座る流れ？　え、座っていいの？　え、何話せばいいの？

予想外の急展開に内心戸惑いながらも、後輩の女の子に誘われたら断れねええ！　彩人は美桜の隣に座る。うん、思ったよりも距離が近い。春日さん、可愛い。逃げたい！

「神崎先輩は、本当に面白い人ですね」

「え、そうか？」

「自覚ないんですね」

美桜はくすくす笑う。可愛い！　けど、恥ずかしい！　どうせなら、カッコいいって言われたい……（泣）

「ていうか、春日さん。明日がオーディション本番だろ？　何でこんな時間にこんなところに」

ちなみに、奈々枝の陸上大会は明後日だ。明日、美桜の応援をしたあと、次の日には奈々枝の応援に行くというなかなかのスケジュールになっている。

「なんとなくです」

美桜は微笑んでから、こんな質問をした。

「……先輩って、おっぱい写真を目指してるんですよね？」

「あ、うん。そうだけど……」

出会った頃と違い、美桜は簡単におっぱいと言うようになった。……美桜のご両親に対して、もの凄い罪悪感が生まれた。

「もし、その夢が叶わなかったら、どうしますか？」

なにげない問い。でも、そこには美桜の気持ちが込められている気がした。

「いや、必ず叶えるし」

「もし、叶わなかったら、です。おじいちゃんになるまで頑張っても駄目だったら、どうしますか？」

「その時は、来世で叶える！　それでも叶わなければ、何度でも！　何度生まれ変わっても、俺はおっぱいを撮る！」

彩人の答えは最初から決まっている。おっぱい写真という夢を叶えるために、永遠の時間が必要なら、永遠の時間をかければいいだけの話。

「変態ですね」

「助手に似てきたな、春日さん！　それでも俺は、諦めない！」

美桜はまた、くすりと笑った。

「……神崎先輩、わたし、あの写真を一生大切にしますね」

「――」

真剣な声音で、けれど微笑みながら美桜はそう言ってくれた。じっと見つめられ、桜色の瞳に彩人の姿が映っていた。

「……なんか、春日さん。変わったよな」

「え？」

「成長した……力強くなった……ていうより、安心感がある？」

曖昧な彩人の言葉に、美桜はまた微笑みを浮かべて。

「それは、神崎先輩のおかげです。諦めないこと、そして、自分を信じる強さを教えてもらいましたから」

綺麗な声音で、そう言ってくれた。

その微笑みと言葉は、彩人の心に温かな何かを広げた。

「わたしも、神崎先輩といるとリラックスできます。凄く落ち着きます」

「え、そんなこと言われたの、はじめて」

いつもはおバカとか変態とか言われてるから、嬉しすぎる（涙）

「そうですか？　きっと、雪希ちゃんや清花院先輩たちも同じだと思いますよ」

おバカで、変態で、おっぱい追いかけてるのに……神崎先輩は、優しい……うん、そのとおりだね、雪希ちゃん。

「神崎先輩が他の子を撮ってたら……きっと、その子が勝ち残っていましたよね」

「いや、そんなことは……」

「……あと、神崎先輩。飛鳥ちゃんに会いましたよね」

「え!?」

突然、秘密にしていたことを言い当てられ、どきん！　と彩人の心臓が跳ねる。

「な、何で？」

「あ、やっぱり、そうなんですね。前に飛鳥ちゃんがアップした写真を見たんですけど、あれ、神崎先輩の写真でしたもん」

「いや、よくわかったな!?」

奈々枝の屋敷の近くで飛鳥に会った時のことを彩人は思い出す。

「もう神崎先輩の写真は何度も見ていますから、なんとなくわかっちゃいました。……神崎先輩の浮気者」

「いや違くて！　あれはなんていうか！」

やばい！　と慌てふためきながら弁明しようとしたら、美桜が笑った。

「ぷ。あはは、冗談です」

「え」

「そんなこと思ってません。飛鳥ちゃんと会ってたとしても別に大丈夫です」

「……」

美桜はそれ以上、深く追及してこない。本当は、気になると思うのに。……やっぱり、美桜は成長してる。

「……調子はどう？」

「ばっちりです！　神崎先輩に救ってもらった時から、わたし生まれ変わりました」

……あの日以降、美桜の意識が変わった。

時折朝の浜辺へ行くと、美桜が歌とダンスのレッスンをしている姿を必ず見る。以前より、歌とダンスの動きもよくなっていたし、何より、真剣さが違う。

そして、最終オーディションでは審査の対象にならないものの、ポイント機能は継続している。

春日美桜　応援ポイント　30万7274
ランキング　7位

——きっかけは、彩人の写真。

でもそれ以降は、全て美桜の力。

美桜の意識が変わったことが、ファンの方たちにも伝わったのかもしれない。

「？」

美桜が急に立ち上がった。え、何で急に立ち上がったの？　もう帰るの？　え、俺と話すのつまんなかった？　と不安になる彩人の前で、美桜は目をつむり胸に両手をあてる。

……～♪　そして、歌い始めた。

「——」

桜が、舞う。

ひらり、はらり。

軽やかに、鮮やかに。

「……」

……やっぱり、綺麗だな。

彩人は、美桜の桜を見るたびに、そう思う。

……それに、最初に会った時よりも、桜の花びらが綺麗になってる。

心の世界で見ることができる、美桜のイメージ。

桜が前よりも綺麗なのは、美桜が成長しているからだと思う。

美桜が成長するたびに、桜の輝きも強くなっていく。

……本当に、もったいないな。

こんな綺麗な光景を、自分しか見ることができないなんて。

みんなに、見せたい。

みんなに、教えたい。

この瞬間、この場所に、こんなにも美しい女の子がいることを。

「♪～～……」

美桜が歌い終わる。一枚、また一枚と、桜の花びらが消え、真っ白な世界が色づいて、夜の公園が戻ってくる。

「春日さんは、明日、アイドルになるよ」

自然と、言葉が漏れていた。美桜がびっくりしたようにこっちを見る。

お世辞でも、応援でも、励ましでもない。

美桜の美しさに触れて、魂の奥底から自然に溢（あふ）れた、気持ち。

「美桜、でいいですよ」

「え？」

「名前です。そろそろ苗字じゃなくて、名前で呼んで欲しいです」

「え、いいの!?」

まさか、名前呼びを許してもらえるとは……！

「というか、あの夜は美桜って呼んでくれてたじゃないですか」

「あれはその場の勢いで！」

「わたしも、神崎先輩ことを、彩――」

一瞬、雪希の顔が浮かぶ。

「え、何？」

途中で黙った美桜に、彩人は尋ねる。

「……神崎先輩のこと、怪しい変態さんて呼びますから」

「本当に助手に似てきたな！」

できれば、春日さ――美桜にはそのままでいて欲しい。助手は可愛い後輩だが、あのノリを二人でというのは勘弁して欲しい！

「もしわたしが本番で歌えなくなったら、美桜ー！　て応援してください」

「おう、もちろんだ！」

……な～んて冗談です、と続けようとしていた美桜は、先に断言されてびっくりしてしまう。……嬉しくて、笑顔になる。

「わたし、緊張したら、神崎先輩のふんどし一丁でいえ〜い♪を思い出しますね！」

「どうせなら、もっとカッコいい姿を思い出して!?」

ツッコミを入れる彩人を見て、美桜はまた笑顔になった。

「神崎先輩。今日、神崎先輩に会えてよかったです」

「お、おう」

え、マジで!?　じゃあ、俺と一緒でもつまんなくなかったってこと!?　嬉しい！

「神崎先輩。わたし、明日、頑張ります！」

「おう！　応援してる！」

力強くそう応えてもらえて、美桜に笑みが浮かぶ。

「それじゃあ、そろそろ帰りますね」

「あ、もしよかったら、送ってく」

夜に女の子のひとり歩きは危ない気がする。

「平気ですよ。家、すぐそこですから」

「え、そうなの？　俺の家もすぐそこだけど」

「「え」」

綺麗に声がハモる。ためしに家がどの辺にあるのか聞いてみたら、めっちゃご近所だった。

「マジかよ！　超近くじゃん！」

「あはは！　今までずっと気づきませんでした」

何でもないことだけど、おかしくて、美桜は笑ってしまう。

「なんか不思議ですね。こんなに近くに住んでたのに、つい最近まで会わないとか」

「だな～。まさか、こんなに近かったとは……」

縁とは不思議なものだと、彩人はつくづく思う。そういえば昔も、同じクラスの子が割と近所に住んでいて、驚いたことがあった。

「でもちょっと怖いですね」

「え、何で？」

「神崎先輩にストーカーされた時のことを考えると」

「しねえよ！　だから、助手の真似はやめて!?」

「あはは」

——明日は、美桜のアイドルオーディション当日。

ふざけ合いながらも、彩人は心の中で「頑張れ」と応援していた。

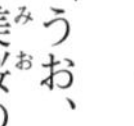

9枚目 ■ 美桜のアイドルオーディション

「うお、凄いな……！」

美桜のアイドルオーディション当日。

早起きして電車に乗って、彩人と雪希はオーディション会場へとやってきた。そして、そこに集う大勢の人々を見て、彩人は思わず声を漏らした。

目の前には、とても大きなドーム。本物のアイドルや有名なバンドがライブをする大規模な会場だ。その会場の外に、新星アイドルの誕生を見るために集まってくれたファンの方々が溢れ、お祭り騒ぎのようになっていた。どこを見ても、人、人、人だ。

なんかもう、会場全体が満員電車みたいになっている。

観覧の抽選にはずれた聖花や奈々枝、静から自分たちの分も応援して欲しいと頼まれた彩人だが……この会場の熱気に、飲みこまれそうだ。

……こんな凄い会場で、美桜は歌うのか？　なんだか、彩人の方が不安になってくる。

「……せ、先輩」

「助手！　大丈夫か！」

人の波に流されそうになっていた雪希を、彩人がとっさに手を摑んで助ける。観客席まで行くには、整理された列に並び、入り口でスマホの画面を見せて承認を受ける必要があるが……列の最後尾まで行くのも大変だ。背が低く、身体(からだ)も小さい雪希からすれば、彩人の体感よりもさらに大変な思いをしているだろう。

「と、悪い！」

助けるためとは言え、雪希の小さな手を思いきり握ってしまっていた。慌てて離すと、

「っ」

意外なことに、子犬が飼い主にすがるような様子で、雪希が彩人の服の裾を握ってきた。

「じょ、助手？」

「……すみません。はぐれてしまいそうで、怖いので」

珍しく、弱気な表情を見せている。なんかその様子に、「守ってあげたい！」と庇護(ひご)欲を刺激される。正直、めっちゃ恥ずかしいし、戸惑うけれど……

「わかった。肝試しの時の……お礼ってことで」

でもやっぱ、服の裾とはいえ、恥ずかしい。

「先輩、顔真っ赤ですけど……」

「気にしないでくれると助かりますマジで！」

「無理をさせてごめんなさい。恥ずかしいなら、犬みたいに先輩に首輪をつけてリードを繋(つな)ぐのでもいいです」

「お、その方が気楽でいいな。じゃあ、お願いしないよ!?」

いつもどおりのふざけ合いをしながら、彩人と雪希は入場するために列に並ぶ。

「バーコードの表示をお願いします」

正確な入場ができるように、抽選で当たった人の顔写真や登録ナンバーまで管理されている。ぴ、と入場受付スタッフのお姉さんにスマホで表示したバーコードを読み取ってもらい、入場する。

「本当に、よかったんでしょうか？　観覧の抽選に当たったのは、聖花さんだったのに」

最終オーディションの観覧を希望する人の数があまりにも多かったため、運営側は、スマホのアプリ上で観覧希望の募集をつのり、抽選を行った。

そして、見事彩人はその抽選に当たり、雪希は外れてしまったが……彩人と同じく抽選に当たっていた聖花は、その観覧権を雪希に譲ってくれた。

雪希は当然遠慮したが、聖花は「親友のあなたが応援に行かなければいけませんわ」と雪希に譲り、「じゃあ、俺の観覧権を助手にあげるから……」と言った彩人に、「あなたが雪希さんをエスコートしないでどうしますの？　会場は、人が大勢いるんですのよ？」と、やはり彩人と雪希が一緒に美桜を応援できるようにしてくれた。

本当に、いつもいつも優しいお嬢様である。今度何か、聖花が笑顔になってくれるようなお礼をしなくては……。

「うおー、会場広ー！」

入場し、他の観客さんたちと一緒にぞろぞろ通路を歩いた先に、ステージと、それをぐるりと囲む数えきれないほどの観客席があった。

見渡す限り、という表現が本当にしっくり来る。野球の観戦もこんな感じだろうか？　とにかく、人、人、人、こんなに沢山ある席が、次々と埋まっていく。

この場所が、これからテレビで全国放送されることを考えると、さらに緊張する。

「助手、大丈夫か？」

「はい、大丈夫です」

彩人と雪希はアプリに表示された席を目指す。ずらっと並んだ席にはすでに人が座っているため、「すみません、通ります」と断りながらようやく席へつけた。座ってみると、改めて会場の規模に圧倒される。集まった人たちの話し声で、がやがやと賑やかだ。

これだけ人がいると、美桜には俺と助手の位置がわかるだろうか？　歌えなくなったら名前を呼んで応援すると約束したけど、これじゃ、声が届かない気が……。てか、そもそも恥ずかしい！　美桜のためならその覚悟はあるけど！

「そう言えば、俺。こうやって、アイドルのライブに来るの、はじめてだ」

人生初ライブという事実を思い出して、彩人にさらに緊張が押し寄せる。

「助手はなんか落ち着いてるな。人波は苦手そうだったけど」

「美桜ちゃんに誘われて、ミナちゃんも一緒に、何度かライブに来たことがあるので」

「マジか」

初耳。垣間見た後輩ちゃんの日常に、よくわからない気持ちが生まれる。あと、会場内は賑わってるから、雪希の声が聞きづらい、もっと大きな声で話した方がいいかも。

「ていうか、美桜、大丈夫かな？　こんな大きな会場で」

「え？」

「あれ、聞こえない？　美桜、こんなに大きな会場で、大丈夫かなって！」

「え？」

「だから、こんな大きな会場で――」

「先輩、いつから美桜ちゃんのこと名前で呼ぶようになったんですか？」

「聞こえてんじゃん！」

ピロン♪　目の前でスマホをいじりはじめた雪希から、メッセージが送られてくる。

『先輩、周りが賑やかで聞き取りづらいので、スマホのアプリで話しませんか？』

どうやら、いつものおふざけがまた始まったようだ。

『美桜ちゃん、子供の頃、夏祭りの歌自慢コンテストに参加した時も、緊張で歌えなくなったことがあるんです』

「マジかよ！……いや隣にいるのにスマホで会話ってなんか寂しいから普通に話そ!?　話題も大事なことだし！」

「そうですね。すみません」

もしかして、助手もかなり緊張しているんだろうか？　こうしてふざけることで、気持ちを落ち着けているのかもしれない。

「まあでもここまできたら、美桜を信じるしかない」

聖花の誕生会で、美桜は緊張のあまり歌えなくなった。そして今日この日まで、美桜が大勢の前で歌う機会はなかった。

「わたしは……美桜ちゃんを信じています」

さらに会場内にファンが集まり、いっそう賑やかさと熱気が増していく中、雪希の声は、はっきりと彩人に届いた。だから、力強く答える。

「俺も、信じる」

昨日の夜、公園で見た美桜の桜を思い出す。

あの美しさを、あの輝きをちゃんと発揮できれば……美桜は、アイドルになれる。

『みなさま、大変長らくお待たせいたしました』

観客が全員席につき、開演時間が訪れた。ステージの上に立つ司会さんがスポットライトを浴びながら、観客席に、テレビの前の人々に語り掛ける。

『全日本アイドルオーディション、ファイナルステージの開演です！』

わあ！　と、一斉に会場中が盛り上がる。同時に、ステージに仕掛けられていた花火などの演出が飛び出し、さらに会場を沸かせる。

「す、凄い熱気だ」

さっきまでの賑やかさなんて、序の口だった。マジで凄い。これがアイドルオーディション。しかも、テレビ中継までされている。

「……美桜」

彩人は両手を組んで、祈るように美桜の名前を呼んだ。

ピロン♪（ブブブブブ）――と、ポケットのスマホが音を奏で、振動する。彩人はスマホを開いてみた。雪希からのメッセージだった。

『先輩、ふんどし一丁でいえ〜い♪のチャンスです』

「おお、たしかに、全国中継だしな！　よ〜し……こんな時までふざけないで!?」

とにもかくにも、美桜のアイドルオーディションが始まった。


――アイドル候補生の控室。

数ある控室に、最終オーディションまで残ったアイドル候補生たちが、それぞれ分けられ、運命の時を待っていた。

最終オーディションに残ったのは、全国からエントリーされた約八万人以上もの中から、わずかに五十人。美桜は、そのうちの一人。

今日、一人につき一曲、この会場のステージでライブを披露する。

曲の選択は、各候補生に委ねられている。

一曲は、約三分ほど。その三分の中に、少女たちの全てが込められる。

審査は、アイドル事務所の審査員の評価と、会場に集まった人々、そして、このオーディションをテレビで見ている人たちの投票によって決まる。

最後に残るのは、上位九名。

その九名の少女たちが、アイドルとしてデビューすることができる。

「……」

控室の鏡の前に座り、美桜は心と身体の最後の調整を行っていた。すでに衣装には着替えてある。運営側が美桜のためだけに用意したステージ衣装。最終オーディションに残ったアイドル候補生たちには、ひとりひとり運営側から同じように衣装が提供されている。

本物のアイドルみたい……ううん、本物のアイドルの衣装。それを着て、今ここにいられることが、本当に嬉しくて……その分だけ、怖い。

控室にいる子たちも、みんな、緊張している。壁にもたれて腕を組んでいる子、最後までステップの練習をしている子、ずっと音楽を聴いている子、友人同士で最後まで残れた子たちもいる。緊張で泣いてしまっている子を、隣の子が慰めてあげていた。

みんな、それぞれの覚悟を持って、今この場にいる。……美桜も、その一人。

会場の様子は、見た。超満員。本物の、アイドルのステージと同じ盛り上がり。……なんだか、夢みたいなその場所に自分は、これから立つ。

「……」

途端、緊張と不安が襲い掛かってきて、両手がかたかたと震えてしまう。でも。

『俺は美桜を信じる！　だから、美桜も自分を信じてくれ！』

あの夜の、彩人の言葉を思い出すだけで、震えが収まっていく。同時に、熱い何かが心を満たして、安心を与えてくれる。

あの夜。彩人は奇跡を見せてくれた。

そのおかげで、自分は変われた。自分は今、ここにいる。

だから、今度は自分の番。

今度こそ、自分の力で――奇跡を起こす。

そのために、頑張ってきた。

あの夜、神崎(かんざき)先輩から奇跡をもらった瞬間から、ずっと、ずっと……

こんこん。

控室の扉がノックされ、スタッフの人が入ってくる。

「春日美桜(かすがみお)さん。用意をお願いします」

もう、審査は始まっている。自分よりも先にステージにあがり、何人もの子たちが、全力のライブで、観客の人たちに応えている。そしてとうとう、自分の番がやってきた。

「はい」

美桜は、立ち上がる。

これからあんな大きなステージで歌うのに、不思議と緊張が解けていく。

美桜は、心の中でつぶやいた。

——雪希ちゃん、清花院先輩、奈々枝先輩、静先生……そして、神崎先輩。

——わたし、頑張ります！

「美桜ちゃん」

控室から外に出た瞬間、声をかけられる。

その声に、美桜は瞬きを忘れた。

振り向けば、そこには——

「……飛鳥ちゃん」

「おひさ」

すっかり垢ぬけた——まさにアイドルのオーラを放つ美少女。

このオーディションで常に1位を独走し続け、合格確実と謳われる存在。

幼い頃の、人見知りで内気な女の子はもういない。

「うん、久しぶり」

数年ぶりの再会。自分でもびっくりするくらい、色んな感情がこみ上げる。その全部が、言葉にならない。これからステージなのに、泣きそうになってしまう。

「あの時の約束、おぼえてる？」

ただ、一言。飛鳥は聞く。

「うん、おぼえてるよ」

当たり前のように、美桜は答える。桜色の瞳で、まっすぐに飛鳥を見つめながら。

「待ってる」

「うん！」

一緒にアイドルになる……その約束は、必ず叶える！

笑顔で頷（うなず）いてから、美桜はステージへ向けて走り出した。

「――あ」

前の子が歌い終わって少しして、美桜がステージに現れた。

白を基調としたステージ衣装が、美桜の桜色の髪に映える。

フリフリで、可愛（かわい）くて、まさにアイドルといった感じの衣装に身を包んだ美桜が、ゆっくりとステージの中央に立つ。

『みなさん、こんにちは。春日美桜です。よろしくお願いします！』

「「「「美桜ちゃ――――ん！！！」」」」

「うわ、びっくりした！」

わー！　会場中が盛り上がり、美桜へ向けて大声援が送られる。ここに集まった人たちはアプリを通じて、最終ステージまで残ったアイドル候補生たちのことを知っている。

今のは、美桜推しの人たちの声援だろう。今までに出てきた子たちも同じように声援を送られていたが、なんか知り合いがその声援を受けるとびっくりする。

「先輩」

「え、なんだ、助手?」

大歓声が響いているので、雪希の声が聞こえづらい。

「美桜ちゃん……笑顔ですね」

「え?」

『今日は、全力で頑張ります!』

〜〜♪　ステージに設置された音響装置から、大音量の音楽が流れ始める。同時、観客の声援が止まる。前奏が流れ、美桜が、歌う。

〜〜♪

軽やかな声。明るくて、楽しい気持ちになれる音楽と一緒に、美桜の歌声が響き渡る。そして、正面に向けられた美桜の右手のひらが少しずつ、あがっていく。手のひらを握りしめると、身体全体を使ってリズミカルにステップを踏む。

——あ。

彩人は、気づく。また、見える。

桜。

美桜の桜が、舞い始めた。

「どんな時も～、君と一緒なら～走り出せ～るよ♪」

曲が弾ける、美桜がジャンプする。歌声が響き、みんなでひとつになって盛り上がる。

それに伴い、ひとひら、またひとひらと、桜の花びらが舞っていく。

やがて、桜の花びらが会場中に広がり、美しい――本当に美しい世界が生まれた。

きらきら輝くステージの上で、星のように輝く美桜が、桜と共に舞っている。

桜が風に乗り、会場中を駆け巡り、きらきらと光を放つ。

広がっていく。どこまでも、どこまでも。輝き続ける。

「――」

その、桜と光で満ちる美しい世界に、彩人は瞬きすらできない。

全てを忘れて、心は、生まれ溢れ続ける感動に、ただ翻弄される。

「はは」

凄い。本当に、凄い。あの夜、海辺で泣いていた女の子が嘘のようだ。

あの時以上の、これまで見たどんな時よりも、美桜は輝いている。

――これが、アイドル。

光が世界に満ちていく。

桜の花びらが、きらきらと輝きながら舞っている。

美桜の歌声が、みんなの心を感動させる。

「美桜ー！」

「美桜ちゃーん！」

気づけば、彩人は立ち上がり、観客の人たちに負けない声で美桜に声援を送っていた。

普段はクールな後輩ちゃんも立ち上がって、大きな声で美桜の名前を叫んでいた。

「っ」

今、一瞬――美桜と視線が合った気がした。気のせいかもしれない。

でも、美桜は輝く笑顔を浮かべて、最後の歌詞を歌う。

「絶対叶(かな)えるよ～……夢を♪」

――そうしてこの日、春日美桜は、アイドルになった。

10枚目 ■ テンションが上がるとおっぱいが揺れる確率も上がる

カシャン！　と、真夏の太陽の下で打ち鳴らされたグラスの氷が音を奏でる。

夏休み真っ只中。彩人の家の目の前にあるビーチにて。美桜が夢を叶えたお祝いをするため、バーベキュー大会が開かれていた。

じゅー、と網の上で焼かれるお肉が食欲をそそるいい音を立てる。天気は快晴で、潮風もいい感じに心地いい。目の前が青い空と海となれば、自然とテンションが上がる。

「「「「おめでと――――！」」」」

「美桜、おめでとう！」

「おめでとう、美桜ちゃん」

「おめでとうございますわ」

「おめでと！」

「あ、ありがとうございます！」

メンバーは、彩人、雪希、聖花、奈々枝。そして、主役である美桜。

もちろん、全員水着である。

聖花は、お嬢様らしいエレガントなワンピース水着。フリルが豪華で大変可愛らしい。

奈々枝は、やはりスポーティーな水着。青色のビキニが健康的な美を魅せる。

美桜は、シンプルな白のビキニ。スタイルがいいのでこのままグラビア撮影ができる。

全員、可愛ええええええええええええええええええええええええええええええ！

と感激しまくった彩人は、ただ今絶賛平静を装いながらバーベキューの肉を焼いている。

ちなみに、彩人は水着の上からアロハシャツ（両親のハワイ土産）を羽織り、雪希はおっぱいを隠すためにさらしを巻いた上から濡れても透けないTシャツを着ていた。

静先生、湊、冬夜も誘ったけど、残念ながら都合がつかなかった。なので、三人の分もまとめて美桜を祝う。

「あの、みなさん！　本当に、本当に、ありがとうございます！　夢を叶えられたのは、みなさんのおかげです！」

改めて、美桜は大きな声でお礼を言う。グラスに入ったジュースをこぼさないように、勢いよく頭を下げた。

「ありきたりな言葉だけど、美桜が頑張ったからだよ」

「そうですわ。見事夢を叶えるなんて、本当に凄いです」

「神崎先輩、清花院先輩……」

「はい、美桜。肉！」

「な、奈々枝先輩、ありがとうございます！」

「美桜ちゃん、ジュースのおかわりいる？」

「まだコップいっぱいだよ雪希ちゃん!?」

奈々枝も雪希も美桜を全力でお祝いモードだ。すでにテンションが上がっているので、茶目っ気も見える。

「それにしても、さすがは彩人ですわね」

「え、何が？」

彩人と一緒に網の上の肉や野菜を焼きながら、聖花は言う。

「本当に、美桜さんをアイドルにしてしまうなんて……正直、驚きました」

頑張る美桜を見て、その夢を叶えて欲しいと応援していた。……でも、その夢がどれだけ大きなものであるかもわかっていたから……聖花の驚きは計り知れない。

「それに、あの写真ですわ。……まさか、あそこまでの写真を撮るなんて驚きです」

二次審査の瀬戸際で撮った美桜の写真について言っているのだろう。聖花は褒めてくれているのだが……なんか若干、声が――

「あのー、聖花さん。もしかしなくてもちょっと不機嫌でらっしゃる？」

「……そんなことありませんわ」

「いや、絶対あるよね!?」

写真は、撮る人の心を映す。自身もカメラ好きな聖花には、だから一発でわかってしまった。彩人がどれだけ美桜の美しさに感動し、心奪われていたのか。

正直、彩人が撮ってくれた自分の写真よりも、あの写真の美桜は綺麗で――。だからそうなると、いいようのない気持ちが生まれてしまう。自分でもよくわからない。

「彩人、お肉がこげてますわよ」

「あれ!? やば！」

「今、どこを見てました？」

「どき！」

「……今、わたくしの胸を見ていましたわよね？」

「すんませんしたあああああああああああ！」

「あなたいつもわたくしの胸を見すぎですわ！」

恥ずかしさで両手で自らを抱くようにおっぱいを隠す聖花だが、その仕草が逆にエロい。聖花のお怒りはごもっともだが、だってしょうがない！ こんなに可愛い幼馴染が水着姿でいて、しかもエレガントな水着姿！ 大きすぎるGカップおっぱいが目の前で揺れていたら視線を外す方が難しいいいいいいいいいいいいい！

「彩人」

ぽよん♡

「!? !?」

奈々枝が話しかけてきた。手前でぴょんとジャンプしてきたものだから、着地した瞬間、奈々枝のおっぱいが派手に揺れる。エロ可愛いいいいいいいいいいいいいい！

「肉が足りないよ、肉が！」

「え、早!?」

聖花と話をしていたら、一瞬で網の上から肉が消えていた。さすがは体育会系。肉への執着がハンパない。……ていうか、奈々枝のおっぱいがああああああああああああ！

「彩人。どこを見ていますの？」

「は！」

奈々枝のおっぱいに視線を奪われていたことに気づかれてしまう。背後から聖花の怒りのオーラが伝わってきた。

「あはは、彩人はスケベだね」

「奈々枝さん！　あなたももっと隠す努力をしてくださいませ！」

見られていることはわかっているのに、隠すそぶりも見せない奈々枝。聖花はたまりかねて注意する。

「男子なんてみんなこんなもんじゃない？」

「この幼馴染は特別変態ですわ！」

「聖花さん容赦ないですね！」

「言いながらまたおっぱい見てるあなたはどうかしてますわ！」

「ぐぼあ！」

無意識にまた聖花と奈々枝のおっぱいに心奪われていた彩人の口に、聖花が野菜を突っ込んだ。あ～んと言えなくもないが、めっちゃ乱暴！　でも、よく焼けてておまけにタレまでちゃんとついている。この幼馴染、優しすぎでは？

「先輩、大丈夫ですか？」

「お、おう。助手」

聖花と奈々枝が話を始めたので、その隙に逃げると、今度は雪希(ゆき)が話しかけてきた。その隣には、美桜もいる。

「なんていうか、ここは危険だ」

爽やかな青空の下、波の音を聞きながらバーベキューという最高のシチュエーションだが……おっぱいにこの世界で一番感動する少年にとっては、ある意味安心とはほど遠い。

あっちを見ても、こっちを見ても、素晴らしいおっぱいがありすぎる。しかも、美少女の中に男は自分一人というハーレム。ここに静先生まで加わっていたらと思うと戦慄が走る。バーベキューを楽しむ間もなく気絶していたかもしれない。

「つらいようなら、ご自宅で休んでください。終わったら起こしに行きます」

「優しい気遣いをありがとう。でもそれ、寂しすぎるから！　何が悲しくて、みんながわいわいバーベキューやってる最中に寝てるわけ!?」

「あるいは、先輩に目隠しをしてあげましょうか」

「だから、もったいないわ！」

「でも、おっぱいを無遠慮に見るのはマナー違反だと思います」

「ぐ。それは、たしかに！　じゃあ、どうすれば！」

「まずは一歩前進しましょう。おっぱいではなく、太ももを見てはどうでしょう？」

「なるほど！　よし！」

彩人は強い意思の力で意識をおっぱいから太ももにスライドさせる。聖花、奈々枝、雪希、美桜……こうして改めて見ると、その魅力は十人十色であることがわかる。

聖花は太ももまで上品だ。お人形ような清楚な白さと肌のきめ細かさ。太ももを見るだけで育ちの良さが窺えるから不思議だ。

奈々枝の太ももはやはり健康的なアスリートのそれだ。鍛えられているのに、でも、女性らしくすらりとしていて、清々しさすらおぼえる。

雪希は……前から思ってたけど、助手の太ももはやっぱなんか凄いな！　白。圧倒的なまでの白。雪を連想してしまうほど幻想的な白さで、感動すらおぼえてしまう。上にTシャツを着ているから余計に目立つのか、より美しい！

美桜は、少女らしい太ももだ。おっぱいと同じように、太ももにもその人の人生があらわれるのだろうか？　まさにアイドルの太ももと呼ぶにふさわしい可愛らしさが溢れている。

……凄い。太ももって、こんなに美しかったのか——

「——て、変態じゃねえか！」

美少女の太ももを見て心の中で感嘆していたが……唐突に我に返った。

「もとから変態では？」

「そうだったよちくしょおおお！」

「でもわたしも驚きました。まさか先輩がここまで太もも好きだったなんて……」

「俺もびっくりだよ！」

雪希のおかげで、新たな扉が開いてしまった。

「このまま変えてはどうでしょう？——俺にお前の太ももを撮らせてくれ！　に」

「おっぱいよりも変態な気がするのは気のせいか!?」

「どっちもどっちだと思います」

「そのとおりだな！」

「やっぱり、二人は仲がいいですね」

微笑ましそうに美桜がそう言う。太ももを見られて恥ずかったのか、若干頬が染まっている。そして、彩人がそういう人なのはもうわかっているので、スルーできてしまう自分がちょっと怖い。

「神崎先輩、どうぞ」

「あ、ども」

美桜がお皿に盛ってくれたお肉や野菜を受け取る。美味しそうに焼けていた。

「あの、神崎先輩。改めて、ありがとうございます」

心からの感謝を美桜は改めて伝える。

「あの夜、神崎先輩が奇跡を起こしてくれなかったら……わたしは、アイドルになれませんでした」

「あ、いや……」

美桜の真剣な瞳……怖いくらいに美しい瞳に見つめられ、彩人は戸惑う。自分としては、美桜の魅力を伝えただけだし……それにあの奇跡は、一人じゃ起こせなかった。

美桜自身のこれまでの頑張りがあったからこそ、美桜が自分を信じてくれたからこそ、起こせた奇跡。それでも、わずかでも力になれたのなら、本当によかった。

「……アイドルの方は、順調？」

「はい。飛鳥ちゃんと同じグループになれたので、本当に嬉しいです！」

本当に嬉しさが伝わってくる可愛い笑顔。見ているこっちも嬉しくなった。

「他のメンバーの子たちとも仲良くなれましたし、今はデビューライブに向けて練習中です。その、この夏休みの間にデビューライブをするみたいで」

「え、早くない!?」

「メンバー全員で社長さんに会ったんですけど、なんか凄い人でした」

「聞いたことあるかも、名物女社長。でも、デビュー早すぎ！」

「みんなでびっくりしましたけど、でも、楽しみです！」

メンバー同士で交流していること、デビューライブの音源をもらって嬉しかったこと、みんなで歌やダンスの練習をしていること、一緒に遊びに行ったことなどを話してくれる。

……いや、なんつーか――可愛いな、美桜！　嬉しそうにアイドルのこと話してる美桜、可愛いな！……でもそっか、これが夢を叶えられた女の子の笑顔なんだ。

いや、マジで、頑張ってよかった。

「……」

それはそうと……と、彩人は思う。そう、美桜はアイドルになれた。本当によかった。

……では、約束のおっぱい写真は？

彩人が全力で美桜のアイドル活動を手伝い、美桜がアイドルになれたなら……なれたあと、美桜がおっぱいを撮って欲しいと思ったら、撮らせてもらえるという約束だった。

あの最終オーディションで、美桜は見事アイドルになった。そしてその日から、けっこうな日数が経っている。が、いまだに美桜からおっぱい写真についての話は……ない。

「……」

彩人は考える。つまりこれはもうノーってこと？　やっぱり、おっぱいは撮られたくないってこと？　い、いや、もしかしたら、恥ずかしくて自分から言えないだけで俺からお願いするのを待っているとか⁉　じゃ、聞いた方がいいのか？　現役のアイドルに、「おっぱい撮らせてもらってもいい？」と……いや、聞けねえええええ！

想像しただけで頭を抱えたくなった。どうすればいいんだ……

「彩人ー、肉がもうないよー」

「だから早いよ⁉　じゃあ、家からとってくる」

「あ、じゃ、わたしも行く」

「わたくしもお手伝いしますわ」

だー！　と砂浜と続いている階段を駆け上り、彩人、聖花、奈々枝の三人は彩人の家へ。

「そういえば、彩人。料理上手になったね」

「たしかに、そうですわね」

「お、おう。ありがと」

夏休みの間、雪希から料理を教えてもらっている成果が出ていた。

今の彩人の食生活は健康的で、野菜も好きになっている。

「今度、また何か作ってよ！」

「おう、まかせろ！」

みんなでわいわいやるのが楽しいらしい。テンションが上がっているのがよくわかる。

「神崎先輩たち、仲がいいね」

「うん」

「それに、神崎先輩の家って面白い。まさに、芸術家の家って感じ」

「じゃあ、行ってみる？」

「え、いいのかな？」

バーベキューの火の安全を確認してから、雪希と美桜も彩人の家に向かった。

「ダーイブ！」

「奈々枝、テンションマックスだな！」

家に入るなり、奈々枝はリビングのソファにダイブした。ぽよよん♡とおっぱいが揺れ、ソファに埋まる。今だけソファになりたい！

「やっぱり、彩人の家は眺めが最高だね！」

ちなみに、今はハイテンションでおバカ騒ぎをしている奈々枝ちゃんだが、この夏の陸上大会でも、見事入賞したスーパーアスリートガールである。

「……」

気づけば、聖花が何やらうらやましそうに奈々枝のことを見ていた。

「聖花もダイブしたかったら、ダイブしてもいいんだぞ？」

「な」

かあ、と聖花の顔が赤くなる。心外とばかりに怒りはじめる。

「こ、こんなお行儀の悪い真似（まね）、わたくしはしませんわ！」

ぷいと赤くなった顔でそっぽを向く。本当は自分もやってみたい気持ちがバレバレだ。

よし、それなら。

「ダーイブ！」

「あはは！」

ソファに彩人もダイブ。ぶっちゃけ彩人もテンションが上がっていた。ソファが揺れて、奈々枝（ななえ）が笑う。同時に奈々枝のおっぱいも揺れて彩人は気絶しそうになる。室内で水着って、なんか危険！

「聖花！」

「カモン！」

「～わかりましたわよ！」

彩人と奈々枝に促され、聖花もソファにダイブ。ぷるるん♪……おっぱい揺れすぎいいいいい！

「きゃあ♪」

子供みたいに楽しそうな声が響く。聖花のダイブの衝撃でソファが揺れる。あ、やばい。楽しい。子供の頃に戻ったような――

「楽しそうですね、先輩方」

「ど、どうも……」

「「「っ」」」

ば！　と彩人、聖花、奈々枝はソファから起き上がる。見れば、後輩ちゃんたちがいたたまれない様子ですぐそこに立っていた。どうやら見られていたらしい。

うん、なるほど……恥ずかしいいいいいいいいいいいいいいいいいいいい！

「さて、肉の準備をするか」

「手伝いますわ」

「野菜は任せて」

後輩ちゃんたちに恥ずかしいところを見られた先輩方は、颯爽（さっそう）とバーベキューの準備を始めた。

「いえ～い♪」

「だ、ダ～イブ！」

「て、助手たちもやるんかい！」

雪希は演技で明るいキャラを演じながら、美桜は勇気を精一杯出した様子でソファにダイブしていた。当然揺れる、美桜のおっぱい！

「先輩たち、よくこんな恥ずかしい真似できましたね」

「容赦ねえな、後輩ちゃん！」

「あはは♪　雪希ちゃんも楽しそうだよ♪　あはは♪」

美桜はなんかツボにハマったらしく超笑っていた。

「あ、ねえねえ。雪希と美桜は彩人の部屋、見たことある？」

「ありません」

「ないです」

この夏休み、雪希は料理教室のために彩人の家に通い続けたが、部屋に入ったことはなかった。

「じゃあ、行こう。こっちこっち」

「何で率先してるの、奈々枝さん!?」

あろうことか、奈々枝は雪希と美桜を連れて彩人の部屋へ行ってしまった。あ、やばい。

これテンション上がって見境なくなってる奴だ。

「せっかくだから、わたくしも行ってみようかしら」

「聖花まで!?」

ふわふわの髪をゆびでいじりながら、聖花はもじもじとした様子を見せる。年齢を重ねるにつれて、男子である彩人の部屋に行くことに躊躇いを覚えるようになった……でも、本当は、行きたくないわけではない。

「ていうか待って、何で美少女たちが俺の部屋におしかける展開に!?」

夢のような展開だが、それだけの徳を積んだ覚えはない。あと単純に、女の子たちに自分の部屋を見られるとか恥ずかしすぎる！

しかし彩人には、止められないのだった。

「ダ～イブ♪」

「奈々枝ええええええええ！」

そして彩人の部屋に入った瞬間、水着姿の奈々枝が彩人のベッドにダイブを決めた。

もう一度、彩人は確認する。水着姿の奈々枝が俺のベッドにダイブを決めたあああ！

「はあ、このまま寝たい」

「奈々枝さん、あなた何をしているんですの!?」

聖花が顔を真っ赤にして奈々枝を引きはがしにかかる。……どうしよう、俺今日、あのベッドで寝られない。……本音を言えば寝たいけど！

「ここが神崎先輩の部屋ですか」

「……」

そして、美桜と雪希は彩人の部屋を物色中。カメラやカメラ雑誌が目立つ以外は、普通の男子高校生の部屋。あと変わっているのは、窓から海がよく見えることくらい。

雪希は、ぽつりと感想を漏らす。

「びっくりしました。もっとおっぱいで溢れている部屋かと」

「俺をなんだと思ってる!?」

「最高のおっぱい写真を目指す少年」

「正解だよ！」

「それなら、この部屋をもっとおっぱいで溢れさせるべきです。反省してください」

「ごめんなさい！　て、何でやねん！」

彩人と雪希が漫才のような会話をする中、美桜はあるものを見つけた。

「あ、これ。保育園の頃の雪希ちゃんですか!?　可愛い！」

彩人の机の上に無造作に置かれている写真……整理途中だったその写真は、彩人と雪希の保育園時代のものだった。

「あら、可愛いですわね」

「二人とも、ちっちゃ！」

彩人のベッドからこちらへやってきた聖花と奈々枝も写真を見る。

「……昔の写真を整理してたら、見つけてさ。せっかくだから、助手に渡そうと思って」

「……先輩」

思いがけないサプライズ。雪希は正直嬉しくて……じんわり、心が温かくなる。一枚、彩人と雪希が一緒に写っている写真を手に取る。

「小さい頃の先輩、可愛いですね」

「めっちゃ恥ずかしい」

「こんな子が、将来はおっぱい写真を目指すようになるんですね」

「そうですが、何か？」

彩人はもう開き直ることにした。

「いえ、いいと思いますよ。夢があるのは」

「――」

ふざけているかと思ったら、ふいに見せた後輩ちゃんの表情。

……それが、彩人（あやと）の胸に焼き付いた。

「彩人」

「ん、どうした、奈々枝？」

雪希に見とれていたら、とんとんと、肩をつつかれた。

「肉が食べたい！」

「本能の赴くままですね！」

それから、またバーベキューを再開した。

テンションの上がりまくったみんなははしゃぎまくって、騒がしい時間が続いた。

最後に、全員で集合写真を撮って、夏の一日は幕を閉じたのだった。

11枚目■おバカと天才は髪一重……え、紙なの？

「という感じで、超騒がしい一日だった」

『青春ね～』

美桜の祝勝会を開いた夜。彩人は母親と国際電話をしていた。

彩人の母、神崎灯。現役の画家であり、彩人の父と一緒に世界中を飛び回っている。

彩人が高校生になってからは、ほとんど家に帰らなくなり、世界中で好き放題している芸術家両親は、一般的に見れば、かなり常識はずれな両親だろう。……だが、彩人はそんな両親のことが嫌いではなかった。というか、むしろ、憧れてすらいる。

「それはそうと、母さん。俺が送った『おっぱい写真』、見てくれた？」

『ええ、見たわよ。やっぱり、聖花ちゃんもナナちゃんも優しいわね。普通、おっぱいなんて撮らせないわよ？』

彩人の母は、幼馴染の聖花のことも、中等部時代からの友人である奈々枝のことも知っている。というか、母は人と仲良くなるのがうますぎるので、聖花と奈々枝とも仲良しだし、奈々枝のことはナナちゃんなんて呼んでいる。

「……どうだった？」

コンテストで大敗を喫した彩人は、その経験を踏まえ、色々な道を模索していた。

その内の一つが、芸術家である両親におっぱい写真を見てもらうこと。

『いいと思うわよ』

「マジで!?」

まさか、いきなりOKを貰えるとは思っていなかった。

最初に撮った聖花と奈々枝と静のおっぱい写真に加え、コンテストに応募した踊るおっぱい写真も送ってある。

ちなみに、教師である静のおっぱい写真のことは、静に許可をとり、両親にも全て説明済みだ。その際、彩人の両親から静へお詫びの電話と共に、オークションに出せば数千万はくだらないであろう名画が贈られた。

『とりあえず、出版社に話をするかどうか、翔と会ったら相談してみるわ』

どうやら、今は別行動をしているらしい。基本は一緒だが、気分で別れてまた世界のどこかで再会するというアグレッシブな夫婦だ。

それはそうと……いきなりのいい結果に脱力する。

「よかった」

『あら、不安だったの?』

「そりゃ、学内コンテストでは除外されたし」

あの敗北を思い出し、彩人は母との差を痛感する。

スランプ知らずの母親は、正直うらやましすぎる。

『……たとえるなら、わたしは天才タイプで、翔が努力タイプ。彩人はおバカタイプね』

「天才と努力の息子がおバカってどういうことなの?」

ちなみに、母は彩人の父のことを翔と名前で呼んでいる。この年になってもラブラブなのだから、息子としては微笑ましいやら恥ずかしいやら。

『彩人。あなたがおバカであることは永遠に変わらないけれど、おバカな自分を無限に肯定すれば最強よ。天才だって、神様だって超えられるわ』

「母の超理論が凄すぎる」

天才タイプの母の言うことは難解すぎて彩人には理解できない。

『まあ、頑張りなさい。彩人ならきっとできるわ。聖花ちゃんやナナちゃんが協力してくれるんだから、嬉しいじゃない』

「本当は、学園中の女の子のおっぱいを撮りたいんだけどな」

『わたしの息子がおバカすぎてウケるwww』

彩人はかなりアウトなことをしているが……両親からその手の注意を受けたことはない。単純に、彩人が誰かを傷つけてまでおっぱい写真を撮るような子ではないことを彩人の両親は知っている。……その信頼が、正直嬉しすぎる。

『それにしても、おっぱいにこだわるわね。おっぱいを芸術として認めてもらうなんて、かなり大変よ?　素直に風景写真でデビューしたら?』

彩人は一年の時の学内コンテストにおいて、風景写真で最優秀賞をとった。そして、審査員として参加していた高名な写真家から、写真集を出さないかと打診を受けた。

が、彩人はそれを断った。

「俺がシャッターを切るのは、美への感謝と賞賛のため。自分がこの世界で一番美しいと感じる芸術を、この手で表現するため」

『……』

「俺は、最高の芸術を……おっぱい写真を撮りたいんだ」

だから、才能があっても、チャンスがあっても、彩人はそれを選ばない。

もちろん、彩人は風景写真も大好きだ。今も毎日撮ってる。でも、

「俺が一番はじめにこの世界に送り出すのは、おっぱい写真だと決めている」

『……そう、わかったわ。やっぱり、あなたおバカだわｗｗｗ』

「普通にショックなんですけど！」

母が笑うのも無理はないと思うが、それでも本気の夢なので超ショックだ。

『あなたの覚悟はわかったわ。まあ、どんな障害があっても、本当に本気なら、愛があるのなら、必ず叶(かな)えられると思うわ。……翔みたいにね』

彩人の母のお父さん――つまり、彩人の祖父は、高名な芸術家だ。しかも、人間国宝。

そんな祖父に、彩人の父が彩人の母との結婚を申し込んだ際、『自分を超える芸術を生み出す相手しか認めない』と猛反対された。

『翔は、わたしと結婚したくて、最高の写真を撮ったのよ』

自慢げにそう言った時の母の顔を、彩人は忘れられない。

そうして、彩人の父がブレイクするきっかけになった写真が誕生した。その写真は、彩人の父というカメラマンの代名詞になり、今もなお、高い評価を受け続けている。

芸術、情熱、そして、愛する人のための気持ちが起こした奇跡だった。そうして、彩人の父は無事に、彩人の母との結婚を許された。

ちなみに、彩人の祖父だが、本音は『大事な娘がお嫁に行くの絶対にいや～～～！』というものだったらしく、自分を超える芸術云々(うんぬん)は建前、というか、最後の悪あがきだったらしい。『ふう、これで少しは時間が稼げる』と油断していたら、彩人の父がガチで最高の芸術を速攻で持ってきたものだから、泣きながら彩人の母をお嫁に出したという。

『ホントは最初から二人のことを認めてたのに、おバカだから』とは、祖母の談だ。

あれ、今思い出した祖母の言葉だけど、もしかして、俺のおバカって祖父譲り？

「あともう一枚……もし撮れたらの話だけど、おっぱい写真を送るかも」

『ええ、わかったわ。まあ、おっぱい写真やプロデビューの話はこれくらいでいいわね。それよりも、ふふ、彩人』

あ、凄い嫌な予感を感じる声。

『雪希(ゆき)ちゃんとはそのあと、どうなったの？』

「何度も言ってるけど、助手とはそんな関係じゃない！」

案の定、好奇心丸見えのいやらしい質問をしてきた。なんだかんだと、彩人は学校のことなどを両親に話しているので、時折こういう話もされてしまう。

『でも絶対、その子彩人のこと好きでしょ。そうじゃなきゃ、おバカで変態でおっぱい撮りたがってる男の子のそばになんていないわよ』

「容赦ない！」

全て事実だけど、当たり前のように言われると悲しい。

『彩人は雪希ちゃんのこと、どう思ってるの？　絶対好きでしょｗｗｗ』

「相変わらずテンションがまるで女子高生ですね、母上殿！」

高校生男子を持つ母親だが、正直、その感性は子供だ。

『きっと雪希ちゃんはわたしと同じタイプね。好きな人はからかいたくなっちゃうのよ』

「そういえば、似てんな！」

いつも母にからかわれている父の姿が思い浮かぶ。

「……ていうか、あえてそういう目で見ないようにしてる」

『どうして？』

雪希は、可愛い。それはもう、一目見た時からわかってる。最初は緊張したが、雪希はああいう性格なので、どうにか異性を意識せずに済んでいるのが現状だ。

「だって、もし、仮に俺が助手を好きになったとして……告白したら……」

おっぱい撮りたいなんて言ってもついてきてくれる。保育園時代の約束を守って助手になってくれた。雪希がいなかったら、今もまだおっぱい写真は撮れていなかったし、他にも色々助けられてて最近はお弁当まで作ってくれる。もうこの子、俺のこと、好きでしょ!?　と思ってもしょうがない感じだけど……でも、もし、

『え、先輩。わたしのことが好きなんですか？……すみません。わたしには、そんなつもりはありませんでした』

「――とかなって、それから気まずくなって距離置かれて、挙句助手にカメラ部をやめられたりなんかしたら……もう立ち直れない！」

『いや、彩人。それあなた絶対雪希ちゃんのこと好きでしょ』

「そういうわけじゃない！」

『どこがwwwずっとそばにいて欲しいってことでしょ？　勇気出してふられたら一緒にいられなくなるから、それなら告白しないで今のままがいいってことでしょ？　わたしの息子がヘタレすぎてウケるwww』

「母親のウケ方じゃねえええええ！」

『というか、やっぱり彩人はわたしと翔に似てモテるわね。おバカで変態なのにwww』

「モテてねえええええ！」

『だって、絶対、聖花ちゃんもナナちゃんも彩人(あやと)のこと好きでしょ』

「お願いします、お母様！　もうこれ以上は勘弁してください！」

聖花と奈々枝にまで飛び火してきた。明らかに楽しんでいる。

『せっかくの青春なんだから、恋した方がいいんじゃない?』

「いや、今はそういうのはいい。今は恋愛よりも、おっぱいだ!」

『頭おかしいwww』

「本気で容赦ねえなこの母親!」

本当に、母は相変わらずだ。

息子をほったらかして、世界中を飛び回っているだけのことはある。

『はー、面白かった。やっぱり、彩人は最高ね』

「息子を玩具にする母をどう思いますか、お母様?」

母との国際電話はいつもこんな感じだ。終始、彩人がからかわれて終わる。

『さて、そろそろいいかしら。彩人のおかげでお母さんは今夜ぐっすり眠れそうよ』

「俺は逆に色々考えちゃいそうだよ!」

雪希、聖花、奈々枝……母のせいで、恋愛云々で意識してしまいそうだ。

『それじゃあね、彩人。愛してるわ。頼んでおいた録画予約、絶対に忘れないでね』

「最後の一言がなければ、素直に感動できたんですが!?」

彩人の両親は世界中を旅しているが、たまに家に帰ってきて、彩人が録画しておいた番組を一気見するのが趣味だ。

『ふふ、冗談よ。今、やり直すわ――それじゃあね、彩人。愛してるわ。録画予約、頑張って』

「だからそこはおっぱい写真を応援して欲しいんですが!?」

『だって、そっちは全然心配していないもの。あなたはあなたが求める芸術を必ず表現するってわかってるわ。応援する必要なんてないじゃない』

「っ」

信頼。それだけが、母の言葉の中にあった。正直、彩人は、おっぱい写真て何？　どうやったら、実現するの!?　という感じになっているが……母は、彩人が夢を叶えることを当たり前のように信じている。思わず、胸の奥が熱くなる。

『でもね、彩人。録画予約だけはそうはいかないの。激しい雨や雪が降れば電波が乱れて簡単に録画に失敗するし、いつの間にかＨＤＤの容量がいっぱいになって本当に見たい番組を録りのがしたりもする……一瞬たりとも、油断はできないのよ？』

「そこまで真剣になるものでもないと思うよ、録画予約!?」

『何言ってるの、彩人。録画を頼んだ番組は、全部、お母さんの生命線よ？　一話でも録りのがしていたらお母さん泣くからね？　家に帰ってうきうきしながら見てたのに途中の話が飛んでいるとかなったら、お母さん、ショックで数ヶ月は絵が描けなくなるからね？』

「だったら、録画じゃなくてもよくない!?　世界中のどこにいても、今時、スマホやパソコンでも見られるでしょ!?」

『それもいいけど！　お母さんは世界中を巡って色んな景色に感動してそれを絵に描いて、

そうして自分の家に帰って、ソファでアニメやドラマを一気見するのが何よりの生き甲斐なのよ！』

「生き甲斐は絵でしょ!? 画家さん!?」

『あ、言い忘れてた。翔は今、南極にいるんだった』

「南極!?」

突然割り込んだ父の情報に、彩人は驚く。

『ええ。ペンギンを撮りたいんですって。白熊も撮りたいから北極にも行くって言ってたわ。あ、あと、氷山とかも撮りたいんですって』

「父さんらしいけど、相変わらず命がけすぎる！」

『もしかしたら、万が一のことがあるかもしれないって、遺言みたいなことも言われたわ』

「もう少し命を大切にして!?」

『彩人、あなたにもお父さんからの言葉を預かっているから、ちゃんと伝えるわね。いい、しっかり聞きなさい』

「そんな大事なことを忘れていた母の態度じゃねええ！」

スマホの向こうで、彩人の母はこほんと咳払い。彩人の父の声真似をしながら、伝える。

『……「彩人、旅立つ前に頼んでいたアニメと野球中継の録画、頼んだぞ」……以上よ』

「他にもっと言い残すことあるでしょ!? 夫婦揃ってどんだけ録画に命かけてんだよ!?」

『お父さんも命がけでお仕事してるんだから、録画だけはしっかりね。他のことは割とどうでもいいから』

「わかったよ！」

『戸締りは忘れても録画予約だけは忘れないでね』

「おい、母親ああああ……！」

さすがに命がけのお願いは断れない。うん、やっぱり俺の両親はまともじゃないわ！

『それじゃあ、今度こそ、おやすみなさい、彩人。ば～い♪』

ぷつ。つー、つー。通話終了。満足した母によって簡単に通話が切られた。

「……はあ」

彩人、脱力。ベランダの欄干に項垂れるように身を預け、ため息をつく。

毎度のことだが、母と電話すると体力と精神力をごっそり持っていかれる。

ただ電話をしているだけなのに、なぜ？

——ざざーん。

思い出したように、目の前の海から波音が響く。

本気で今の今まで波音を忘れてた。

「……最高の、おっぱい写真、か」

自分の夢が、ぽつりと言葉となって零れ落ちる。

本気で、本気の、夢――だが、今は夜空に浮かぶ月や星々のように遠い。

母は信じてくれているが、正直、あんな遠くまでどうやっていけばいいのかわからない。

「……それでも、諦めるなんてできないよな」

彩人は、中学までは普通の学校に通っていた。清風に入学したのは、高等部から。

その理由が、この家。清風学園の学区外にあるこの家が目当てで、両親は彩人を最初から清風学園に入れることをしなかった。父も母も清風学園出身で、絶対に彩人にも清風に通って欲しいと思っていたにもかかわらず。

『この家には、清風学園中等部までの人生よりも価値があるわ。だから、清風は高等部からでいいと思ったの』

海の真ん前。普通の建築様式とは異なる、芸術家がデザインした前衛的な建物。この目の前の景色が、環境が、彩人の感性に最高のプレゼントをもたらすと両親は確信した。

「よし、助手に電話しよう」

それはそうと。今日の昼、助手が見せたあの表情が気になる。実は、思い当たる節は色々ある。助手はたぶん、自分の将来の夢のことで悩んでいるのではないだろうか？

余計なお世話かもしれないけど、電話してみよう。～～♪

「っ」

と思ったら、スマホが鳴った。え、まさか？　と思って画面を見れば……母の文字。

『もしもし、彩人。ちょっとお母さんどうかしてたんだけど、今から言うアニメを途中からでもいいから録画してくれる？　本当に、後悔してるわ。まさかこんな神アニメをチェックし忘れていたなんて……あ、あと、ドラマの方もなんだけど』

「いっそのこと、アニメもドラマも全部録画しとくわ！」

そうして、彩人は録画予約を済ませてから、雪希に電話を……～♪

『もしもし、彩人か？　父さんだ。すまん、忘れてたんだが、サッカーの試合も……』

「南極からかけてくる電話じゃねえだろおおおお！」

『？　どうした？　まさか、何か大切なことでもしてたのか？』

「あ、いや」

後輩の女の子に電話しようとしていました……いや、恋愛云々（うんぬん）の話ではないけど！

『もしかして、女の子か？』

「っ」

彩人の父は、けっこう鋭い。でも、色々詮索されるのは困るし恥ずかしい。

『ま、いいや。それよりも、録画予約のことなんだが……』

「もう少し息子に興味持ってください父上殿！」

詮索されるのは困るが完全にスルーされるのも寂しかった。冗談だと笑う父と話をしてから通話を切り、今度こそ、雪希に電話をかける。

プルルルル……コール音が鳴り響く。目の前には夜空と月と、海。……大丈夫だろうか？　忙しかったりとか――

『はい、もしもし』

「――」

うお。そういえば、こんな風に助手と電話するのははじめてかも。スマホ越しに助手の声を聞くのが不思議な気分。

『先輩？』

「あ、ごめん。ちょっと気になったことがあってさ」

『……もしかして、グラビアアイドルの森宮未希ちゃんのスリーサイズですか？』

「それは上から92・60・88とわかっている。じゃなくてだな！」

スマホ越しでも相変わらずボケる後輩ちゃんに彩人は割と真剣な声で言う。

「その、もし、悩んでることとかあったら……先輩として、聞く、みたいな」

――あ、これ今気づいた。めっちゃ恥ずかしいいいいいいいい！　なんかイタい！

今の自分、イタい！

『はい、実はずっと悩んでることがあります』

が、雪希の真剣な声が聞こえてきた。はっとなって、彩人は耳を傾ける。

『わたし、カメラ部に所属しているんですけど、先輩がおっぱいを撮りたいってわけのわからないことを言っていて……』

「うん、それは諦めてくれ」

まだボケるのかこの後輩ちゃんは！

『……先輩、心配してくれたんですか？』

「え、あ、まあ」

『な～まいき～♪　きゃはは☆』

「何のキャラ!?」

電話越しに聞くと本当に別人だ。後輩ちゃんの演技は相変わらず凄い。

『……実は、自分の将来の夢のことで悩んでました』

「やっぱりか」

予感は当たっていたらしい。そこからは、雪希も真面目に話してくれた。

『先輩も、美桜ちゃんも、ちゃんと自分の夢を持ってて……頑張ってます。聖花さんも、奈々枝先輩も、ちゃんと自分のするべきことをしています』

「……助手」

その声音から、雪希の気持ちが伝わってくる。

『ま、そこまで真剣に悩んでないんですけどね～♪　おにい～ちゃん♡』

「オッケ。次からはスルーしてくわ」

言いながら、彩人は別のことを考える。雪希の夢……正直もう、答えは出てる。だって、この数ヶ月、彩人は雪希にカメラを教えてきた。

そして、ずっと見てきた。……雪希が、どれだけ真剣にカメラに取り組んできたか。いい写真が撮れた時、どれだけ可愛(かわい)い笑顔を見せてくれたか。

たぶんこの予感は、当たっていると思う。

『いつか、わたしも見つけたいです。先輩たちみたいに、夢中になれる夢』

「あのさ、助手。静(しずか)先生から頼まれてた子供カメラ教室があるだろ？」

『え……はい』

唐突な話題転換に少し戸惑う。

『それがどうかしたんですか？』

「おう。無事に美桜がアイドルになれたからさ。今度は、助手の番だ」

『……』

「余計なおせっかいじゃなければ、俺も手伝いたい。助手が自分の夢を見つけるのを。

……いつもお世話になってるからさ、恩返しさせてくれ」

彩人(あやと)の言葉がスマホを通して伝わってくる。心が、あたたかくなる。

『人のことばかりでいいんですか？　美桜ちゃんに、おっぱい写真のこと聞きました？』

「う。いや、それはまだ……」

色々考えたけど、アイドルにおっぱい写真確認すんの、無理！

「とりあえず、向こうから言ってくれるのを待つ！」

ヘタレな先輩に、通話越しにくすくすと笑い声が聞こえてくる。

『わかりました。じゃあ、お手伝いしてもらってもいいですか、先輩』

「おう！」

というわけで、今度は雪希の夢探しを手伝うことになった。

「……それはそうと、なんか音が変じゃないか？」

わりと最初から気になっていたことを、彩人は聞いてみる。すると。

『はい。今、美桜ちゃんと一緒にお風呂に入っているので』

「——」

なんだとおおおおおおおおおおおおおおおおおおおおおおおおおおおおおおお!?

「お風呂!?」

『雪希ちゃん！　バレないように黙ってたのに！』

彩人は理解する。音が変だったのは、雪希がお風呂で電話をしていたから。しかも、美桜も一緒だと!?　思わず、一緒に入浴する二人の姿が想像され——

『神崎(かんざき)先輩、想像しないでくださいね！』

「はい、しません！」

バシャ！　というお湯の音と共に聞こえてきた美桜の声に、反射的に返事をする。

『ところで、先輩』

「な、なんだ、助手？」

まさかお風呂で電話をしていたとは……この後輩、何を考えて——

『理想のおっぱいを持つ女の子は見つかりましたか？』

『雪希ちゃん!?』

また、バシャ！　というお湯の音と必死な美桜の声。美桜は湯船につかっていて、雪希はシャワーの前のお風呂の椅子に座っている。当然、裸なので、雪希の超巨乳が美桜には丸見えだ。

「え、いや、まだ見つかってないけど？」

『そうですか。意外と近くにいるかもしれませんよ』

「だったら、いいけどな」

正直、あんな神おっぱいを持つ子が近くにいたら、絶対に気づくと思う。

『それでは、先輩。おやすみなさい』

「お、おう」

ぷつ、と通話が切られる。

「……はあ、緊張した」

いきなり後輩美少女二人がお風呂に入っている場面に（電話で）遭遇するとは思っていなかった。……いや駄目だ、想像するな俺！　としばし悶々とする彩人だった。

「……雪希ちゃん、チャレンジャーだね」

雪希の家の浴室。今日はお泊まりの予定で一緒にお風呂に入っている美桜は、湯船から雪希にそう言った。防水加工のされたスマホを置いて、雪希は身体を洗い始める。

「先輩をからかいたくなって」

「スリル満点だよ！」

彩人の追い求める奇跡のおっぱいを持つ美少女とは、雪希のことなのだ。泡まみれになっていく雪希の身体を……否、おっぱいを美桜はじっと見つめる。

もにゅうん♡

「っ」

ぽよおん♡

「……」

今、雪希は自分のおっぱいを洗っている。雪希がおっぱいを持ち上げると、その小さな手からおっぱいが溢れ零れる。雪希はタオルではなく手でおっぱいを洗っている。力を籠めるたび、雪希の超巨乳が形を変えていく。というか、大きい！　凄く重そう！

（……や、やっぱり凄すぎるよ、雪希ちゃんのおっぱい）

洗うのがとても大変そうだ。実際、おっぱいを洗うのにかなりの時間が経っている。美桜もFカップなので大きい方だが、雪希のおっぱいを見ているとそうは思えなくなる。

「……わたし、神崎先輩が記憶を失っちゃうのもわかるよ」

大きいだけでなく、雪希のおっぱいはその色から形から、何から何まで芸術品と呼ぶしかないほど美しい。女性ですら、その圧倒的な美に感動を覚えてしまう。

「……雪希ちゃん、ちょっとつついてもいいかな」

「？　いいよ」

お許しを得たので、美桜は震える人差し指で、雪希のおっぱいをつついた。

もにゅん♡

「ひゃん」

声を出したのは、美桜だ。あまりにも、そうあまりにも優しい柔らかさに、思わず変な声が出た。どきどきする。

（――何これ、何これ!?）

脳が蕩けそうな感触。自分のおっぱいとは全然違う……！

「美桜ちゃん、デビューライブもうすぐだね」

「あ、う、うん」

雪希が話題を変えたので、美桜は頷くが、頭の中は雪希のおっぱいでいっぱいだ。……将来、雪希ちゃんと結婚する人は大丈夫だろうか？　毎日幸せすぎて気絶してそう。

「……緊張するけど、頑張るよ！」

デビューへ向けて、美桜は準備を進めている。憧れの世界に入って、はじめての経験を沢山して、一歩一歩、前へ進んでいる。

「それに、夏祭りのライブも楽しみ！」

「……」

楽しそうな美桜の言葉に、けれど雪希はすぐに答えられない。

「雪希ちゃん、いっぱいいいっぱいありがとう」

「うん」

夏祭りのことを思うと、色々考えてしまうけれど、雪希は優しい笑顔になる。

雪希が笑ってくれたので、美桜も笑顔になった。

——そして、この数日後。

美桜は無事にアイドルグループSummer Wishとしてデビューした。

デビューライブには多くのファンがつめかけ、大いに盛り上がった。

彩人も雪希も、美桜の活躍を見に行ったが……何よりも、美桜の笑顔が印象的だった。

12枚目 ■ 雪色の後輩ちゃんの夢

「彩人くんは、どうして写真を撮ってるの？」

海の近くにある保育園。花壇に咲くひまわりの花が潮風に揺れ、青々と茂る木にとまった蟬（せみ）が鳴いている。蟬の声と一緒に、かすかに響く波音を聞きながら、幼い雪希（ゆき）は、今日も写真を撮っている男の子に尋ねた。

「好きだからだよ」

「どうして、好きなの？」

「……え」

そこで、男の子は困ってしまう。父がカメラマンで、生まれた時からカメラがそばにあった。気づいたらカメラで写真を撮ることが大好きになっていて、まだ幼いながら将来はカメラマンになると決めている。……だから、理由を聞かれても。

「わかんない」

「……」

「わかんないけど、好き」

「そっか」

雪希は男の子のことを羨ましく思う。

自分には、そんな風に好きと言えるものがないから。

「じゃあ、彩人くんは、おっぱいは好き？」

「うん、大好き！　なんて言うわけないだろ!?　どうして雪希ちゃんはいつもそんなことばかり言うんだ!?」

「……きっとさ、見つかるんじゃないかな。雪希ちゃんにも」

なぜかいつも後ろをついてくる女の子は、男の子が慌てるようなことばかりを言う。

「？」

男の子は赤くなった顔のまま、ぽつりと言った。

「心から、好きだって思えるもの」

——一瞬、音が消えた。

それくらいびっくりしたんだって、あとになって気づいた。

思い出したように、蟬の声や波音、保育園のお庭で遊ぶ子供たちの声が聞こえてきた。

「うん」

小さく頷いて、またカメラでひまわりを撮り始めた男の子を、雪希は見る。

すぐに赤くなったり慌てたりする男の子は……いつもわたしに優しくしてくれる。

隣にいると、どうしてか気持ちが落ち着いて。慌てている姿が可愛くて。カメラで写真を撮っている姿を見るのが楽しくて……ふいに、雪希は思う。

――自分が好きなものを見つけられた時、彩人くんは、自分の隣にいてくれるかな？

📷

「みなさん、こんにちは。春日美桜です」

桜色の少女が、マイクを手に自己紹介をする。

夏の空気が満ちる天気のよいお昼ごろ。清風学園の校門前に、アイドルの春日美桜と、番組制作のために美桜を撮影する番組スタッフがいた。

「今日は、わたしの通う清風学園を紹介する番組のリポーターを務めさせていただきます。どうぞよろしくお願いします」

可愛らしい笑顔と共に、美桜は清風学園を訪れた理由をお知らせする。

今や大人気アイドルとなった美桜は、清風学園からの依頼を快く引き受けてくれた。

「それでは、さっそく校内へ入りたいと思います」

美桜が歩き出すと、撮影班も動き出す。生放送ではなく、録画による収録。

「清風学園は、とても広い学園です。幼等部、初等部、中等部、高等部、大学が存在し、それぞれ校舎やエリアが分かれています」

清風学園は、茅ヶ崎出身の大富豪が、「生徒たちに最高の青春を！」と願い、作った学園らしい。生徒たちに最高の青春を——その理念は受け継がれ、学園の設備は頻繁に改築が行われ、学園の校舎も、寮も、合宿所も、全て最高の素材と建築技術で造られている。高級ホテルのような、美術館のようなその設備は、全国的にも話題になった。

そんなわけで、学園の敷地面積は広くなり、生徒たちの情操教育のために海の目の前に建設し、学内の設備は教室や学食をはじめ、視聴覚室や各部活動の部室、野球場やサッカー場、体育館などの運動設備にいたるまで、最新最高のものになっている。

そんな夢のような、そして、大規模な学園の管理維持費は、一般の学園と同じ形で確保されているが、その予算に加え、学園の卒業生からの寄付金が大きな額を占めていた。

この学園に入学してよかった、夢を叶（かな）えられた、最高の青春を送れた……そんな風に、学園を愛し、感謝する卒業生らから、「後輩の子供たちにも最高の青春を！」と、毎年、毎年、多額の寄付が自然と集まり、それは今も増え続けている。

その寄付金は、学園の運営……つまりは、学園の生徒たちの最高の青春のために使われると同時に、発展途上国などへの寄付金として使われている。

「清風学園は、最高の学園」

在校生も、卒業生も、口をそろえてそう答える。

「これから、ある部活動の紹介をします。わたしの大切な親友と、とてもお世話になった先輩のいる部活です。今日はある催しものをしているので、お邪魔させていただきます」

そうして美桜は、その場所へと向かった。そこは……清風学園初等部校舎にある、子供たちのための庭園だった。

——と、美桜がその庭園を訪れる少し前。

「……やばい。めっっっっっちゃ、緊張する……っっっっっっちゃ緊張していた。

高等部のカメラ部の部室にて、彩人はめっっっっっっちゃ緊張していた。

理由はもちろん、これから開かれる子供カメラ教室である。

「やばい！　どうしよう！　やっぱり、今からでもやめたい！」

土壇場で緊張がマックスになった彩人は、早くも逃げたがっていた。

「先輩。もう子供たちが教室で待っているんですから、逃げられません」

「だよなああああああああ！　いやでも、ほら、今日はなんか美桜も学園の取材に来るし、俺のカメラ教室にも顔を出すとか言っていたし！……うわ、やばい、子供の前で先生みたいなことするのも恥ずかしいのに、さらにテレビとか！」

全力で取り乱す先輩。情けないことこの上ないが……このままでは、かわいそう。今日この日のために、カメラの教え方とか、子供との接し方とかを、一生懸命練習しまくった彩人を知っているので、その努力をちゃんと活かせるお手伝いをしたいと雪希は思う。

「先輩、大丈夫ですよ。あんなに練習したんですから」

「いやでも、本番と練習は違うから！」

「子供たちも楽しみに待ってますよ」

「だからこそ、なんか失敗してがっかりさせちゃったらどうしよう！」

「大丈夫ですよ。先輩からカメラを教えてもらっているわたしは、そう思います」

「ま、マジで？」

「はい」

実際、彩人のカメラの腕前は素晴らしい。

「だから、わたしは心配していません。先輩なら、子供たちを笑顔にできますよ」

「――助手」

後輩ちゃんの――信頼。それが心に染みこんで気持ちが落ち着いていく。

本当に不思議だ。なんか、世界が一瞬で変わったような感覚。

この雪色の後輩ちゃんは、自分が困っていると、必ず助けてくれる。

「……すまん、助手。そして、ありがとう」

目が覚めた。こんなに可愛い後輩ちゃんが、こんなに信じてくれているのに、ビビッてなんかいられない。その信頼に応(こた)えるためにも、先輩らしさを見せなければ！

「正直、まだビビってるけど……でも、全力でやってみる！」

「はい」

雪希は、微笑(ほほえ)んだ。とても柔らかで、見ているこっちが安らぐような微笑み。

――ふわりと、雪の結晶が華のように舞った。

「っ」

「？　先輩？」

不思議そうに自分を見上げる雪希……その周りを、雪の結晶が舞っている。

美桜の桜の花びらのように。

「いや、すまん。何でもない。……そろそろ、行くか」

そういえば、心象風景のことはまだ雪希に言っていない。

「先輩。実は、心配していることがあって……」

「え？　心配？」

さっき、全幅の信頼を寄せてくれた後輩ちゃんが、何の心配を？

雪希は気まずそうに、でも言わなければならないと覚悟を決めて言った。

「先輩、小学生に『おっぱいを撮らせてくれ』とか言わないでくださいね」

「言うわけねえだろおおおおおおおおおおおおお！」

信頼してくれてるんじゃなかったの!?

「今のは冗談としても、小学生におっぱい、おっぱい、言わないでくださいね」

「だから、言うわけねえええええええええええ！」

駄目だ！　実はこの後輩ちゃん、全然信じてくれてねえええええ！

「普通のカメラの知識を教えるのはいいんですけど、おっぱい写真の素晴らしさをいきなり語ったりしないでくださいね」

「だから、しないって言ってるだろおおおおおおお！」

「あと美桜ちゃんを撮影しているカメラに向かって、『俺は、最高のおっぱい写真を撮る！』とか宣言するのもやめた方がいいと……」

「助手は、俺をなんだと思ってんの!?」

ショックを受けているようだが、普段彩人を見ている人からは、割と普通の心配だった。

「てか、聖花にも同じこと言われたんだよ！　俺がそんなことする人間に見えるの!?」

「はい」

「即答かよ！」

「先輩のカメラの腕前は信じていますけど、先輩のモラルの腕前は信じていないので」

「そこも信じてくれええええええええええええええ！」

いつものようにぎゃーぎゃー騒ぎながら、彩人と雪希は初等部へ向かった。雪希とのやり取りで、彩人の緊張はどこかへ行ったのだった。


「えー、はじめまして。本日、このカメラ教室の講師を務めさせていただきます、高等部二年、カメラ部部長の神崎彩人です。よ、よろしくお願いします」

そして、始まった初等部のカメラ教室。初等部の教室も、これまた豪華で最新の設備となっており、広さもかなりのものだが、参加している子供たちの人数は、十人ほど。

低学年から高学年まで、男女問わず、幅広い集まり。ここにいるのは、自分の意思でカメラを学びたいと思ってくれた子供たちだ。

「……ぐ」

子供たちの無垢な視線が、教壇にいる彩人に集中している。子供たちも緊張しているのがわかるし、同時に、わくわくも伝わってくる。やばい、この子供たちの純粋な気持ち、守らなければああああああ！

「はじめまして。高等部一年生、カメラ部所属。助手の白宮雪希です」

きらきらと、雪色の華が舞う。うお、やっぱり助手はしっかりしている。なんか、見ているこっちが安心を覚える頼もしさ。そっか。元々、演劇部で大勢の前で何かをすることに慣れているから、こんなに堂々としているのか。

「それじゃあ、今度はみんなも自己紹介をしましょう」

初等部の先生が、優しい声で子供たちにそう伝える。

「五年一組、西園寺真央です」

一人、一人、子供たちが席を立ち、自己紹介をしていく。それを教壇の上から、見ているわけだが……なんか、すっごい落ち着かない！

全員の自己紹介が終わると、初等部の先生が子供たちに呼びかける。

「それじゃあ、みんな。彩人お兄ちゃんと雪希お姉ちゃんに、ご挨拶」

「「「「彩人お兄ちゃん、雪希お姉ちゃん、よろしくお願いします」」」」

全員揃って、礼儀正しいご挨拶。……やばい！　危うく「俺、教師になります！」とか決意してしまいそうだ。……子供って本当に可愛いんだな。

「それじゃあ、神崎くん。お願いします」

「あ、はい」

促され、彩人はくるっと黒板を向き、チョークを、落とした。

「うおっ」

カツンと、音が響いて、チョークが見事に割れる。やっちまったああああああ！　子供たちの前でいきなりの失態。あ、やばい。このまま泣いて逃げたい。

「先輩、どうぞ。わたしが片づけますので続けてください」

「ありがとうございます、助手様」

雪希にフォローしてもらい、彩人は黒板に「カメラの使い方」と書く。

「みんな、カメラは持ってますか？」

「「「「はーい」」」」

そうして彩人が子供たちに問うと、子供たちは机の上に置いてあるカメラを手にとり、掲げて見せる。それらのカメラは清風学園が用意したものだが、中には自分の家のカメラを持ってきた子もいるようで、自慢げな笑顔を見せている子もいる。

「それじゃあ、カメラ教室をはじめます。簡単にカメラの使い方を教えたあと、庭園で撮影を行います」

子供たちから、元気のよい返事。それからも緊張でドジを踏む彩人をフォローしながら、雪希は彩人の頑張る姿を見守るのだった。

教室でのカメラ講義が終わったあと、予定どおり中庭に移り、自由撮影会を行った。

「たとえば、今この状態だと逆光になってるんだけど、カメラの明るさを上げて撮ってみると……ほら」

「凄い！」

「明るくなった！」

彩人は庭園で子供たちにカメラを教える。庭園ではひまわりなどの花が咲き誇っていた。

「彩人お兄ちゃんー、写真が撮れないー」

「ああ、それは花に近づきすぎてるからだよ。もうちょっとカメラを離して……」

「彩人先生ー、噴水の水が止まる写真、もう一回撮りたい！」

「わかった。じゃあ、シャッタースピードを変えて……」

「彩人お兄ちゃーん」

「うん、なるほど、忙しいいいいいいいいいいいいい！」

沢山の子供たちに色々教えるのってこんなに大変だったのか。……静先生、並びに、他の先生方、いつもありがとうございます！　ほんのちょっと気持ちがわかりました！

「こんにちは～♪」

と、その時。可愛らしい、そして、心地よい声が響く。

――ひらり。幻視する桜の花びらに誘われて顔を向ければ、そこには――

「あ、春日美桜！」

「アイドルのお姉ちゃんだ！」

「え、そうなの!?」

「すごーい！」

いち早く美桜の存在に気づいた子供たちが騒ぎ始め、何人かが一斉に美桜にかけよっていく。おお、凄い。さすがはアイドル。

「こちらが、初等部の庭園です。今日はここで、子供カメラ教室が開かれています」

あ、凄い。美桜、完全にアイドル。……やば、なんか美桜を遠くに感じる！

「神崎先輩、こんにちは」

「！　お、おう。こんにちは」

アイドル来た――――！　こんなアイドルオーラ出されて、カメラ班まで連れてこられたら衝撃がでかすぎる。

「どうですか、カメラ教室は？」

「え、あ、はい、その、あの……はい！」

緊張のあまり頭が真っ白。何も言えない。

「みんな、彩人お兄ちゃんのカメラ教室、楽しい？」

「「「「楽し――――い！」」」」

子供たちは声を揃えて笑顔でそう言ってくれる。あ、やばい、マジで涙出そう。楽しんでもらえててよかった……。

「彩人お兄ちゃん、どうすれば彩人お兄ちゃんみたいに上手に撮れるの？　俺の下手すぎるんだよ！」

「え、どこが？　超うまいじゃん。天才じゃん」

「うそだー！」

彩人が子供たちに慕われている……その光景は、雪希と美桜の心を穏やかにする。

「さて、じゃあここで、先生交代です！」

突然、彩人がそんなことを言い出す。それを見て、雪希は少しだけ身体(からだ)を固くする。

「ここからは、雪希お姉さんにカメラを教えてもらおうと思います！」

事前に打ち合わせていたとおり、ここからは、雪希が子供たちにカメラを教える。

あの夜、電話で彩人から提案されたこと。それが、これだった。

「「「「よろしくお願いします、雪希お姉ちゃん」」」」

礼儀正しくお辞儀をしてくれる子供たち。嬉(うれ)しさと同時に、緊張が生まれる。彩人と美桜に視線を移せば、二人とも微笑(ほほえ)ましそうに見守ってくれていた。

「じゃあみんな、ひまわりを撮ってみましょう」

はーい、と子供たちの返事。雪希について、子供たちはひまわりが咲き誇る花壇へ移動する。……ふいに、今朝見た夢が蘇る。そういえばあの時も、ひまわりだった。

「今回は、青空を背景に撮ってみます。逆光だと暗くなってしまうので、順光で撮ってみましょう」

教える姿がとても様になっている。子供たちも安心して聞いているようだ。

「うわ、雪希お姉ちゃんの言ったとおりに撮ったら綺麗に撮れた！」

「凄い！」

教え方も上手で、子供たちは自分たちの撮った写真に感激していた。

「あの、雪希お姉ちゃん」

一人の女の子が、カメラを両手で持って緊張しながら雪希に声をかけた。

「わたしにも、教えてくれますか？」

雪希はしゃがんで女の子と目線を合わせてから、優しく笑いかける。

「いいよ。じゃあ、一緒に撮ろう」

「――うん！」

女の子に笑顔の花が咲く。

「じゃあ、佐緒里ちゃん。構図を意識して撮ってみようか」

さっきの自己紹介で、雪希は子供たちの名前をおぼえている。名前をおぼえててもらえた！　と佐緒里ちゃんの顔が、ぱあと明るくなる。ちなみに、彩人は子供たちの名前を一人も覚えられず、内心やべええ！　と思いながら、色々乗り越えている真っ最中だ。

「凄い、上手に撮れた！　ありがとう、雪希お姉ちゃん！」

自分の撮った写真を見て、笑顔で喜んでくれた。佐緒里ちゃんがさらにカメラを好きになってくれたことが、伝わってくる。そして――

「カメラって、楽しいね！」

佐緒里ちゃんの満面の笑み――その笑顔を見た瞬間、

「――」

ゆっくりと、雪希の中で――何かが、花開いた。

「……」

……ああ、そっか。そうなんだ。

先輩にカメラを教えてもらっている時、きっとわたしは――

「うん、そうだね」

……雪希は、優しい微笑を浮かべる。

「お姉ちゃんは、魔法使いだね！」

上手な写真が撮れたので、佐緒里ちゃんはそんなことを言ってくる。

「……お姉ちゃんも、彩人お兄ちゃんから教えてもらったんだよ」

雪希は、噴水近くの花壇で子供たちに囲まれている彩人を示す。すると、佐緒里ちゃんは、急にもじもじし始め、雪希の耳元でこっそりこんなことを聞いてきた。

「……雪希お姉ちゃんは、彩人お兄ちゃんのことが好きなの？」

——雪希は、頭が真っ白になる。でも不思議なことに、ぽつりと言葉が零れた。

「うん、好きだよ」

……

「……先輩としてね」

佐緒里ちゃんは、なぜかとても恥ずかしそうにしていた。

——一方、彩人。美桜の登場でさらに賑やかさが増し、美桜とカメラを意識してさらにさらにテンパっている彩人に、試練が訪れていた。

「ねえ、彩人お兄ちゃん」

「あ、うん。何かな？」

少し離れた場所で雪希のカメラ教室を見守っていた彩人だが、ふいに、女の子から声をかけられた。ピンクのキャラTシャツにジーパンをはいた女の子で、髪はセミロング……

おや？　なんか、どこかで見たことあるような……？

「彩人お兄ちゃんは、おっぱい撮ってるの？」

——時が、止まった。最初に彩人の心と思考が止まり、次いで、子供たち、そして美桜とカメラマンの表情が固まった。

「おっぱいって、何？」

「彩人お兄ちゃん、おっぱい撮ってるの!?」

子供たちが騒ぎ出す！　よし、ちょっと待って、今考えるわ……何でこの子知ってんだああああああああああああ！

「わたしのお姉ちゃんが言ってたの。彩人お兄ちゃんは、おっぱいカメラマンだって」

そのルートか！　おそらく、お姉さんが高等部の生徒なのだろう。うん、てか、撮影カメラあああ！　生放送じゃなくてよかった！　生放送だったら俺の人生終わってた！

「えーと、お姉さんはこの学園の生徒なのかな？」

「うん、高等部の一年生ー」

「そっかー。ちなみに、お姉さんは何部かな？」

「茶道部」

速攻で下手人が判明した！　奈々枝(ななえ)を慕う茶道部の一年生女子！　そっか、この子どっかで見たことあると思ったら、あの茶道部の子の妹か！

やばい。子供たちの前！　初等部の先生の前！　アイドルの美桜の、撮影班の前！

だらだらと汗を流しながら、彩人はひきつった笑みで答える。

「えーとね、それは聞き間違いだよ」

「そーなの？」

「おっぱい撮るじゃなくて、いっぱい撮るって言ったんだよ」

「そうだったかなー？」

「そうそう。だいたい、おっぱい撮る人なんて、いるわけない！」

今は嘘つくしかねえええええええええ！

彩人の言葉に、子供たちはほっとした様子を見せる。

「そうだよね」

「そんな人いないよねー」

「ねー」

……心が、痛い。

「大丈夫だ。そんな変態がいたら、俺がぶっ飛ばしてあげるから」

心が、痛いイイイイイイイイイ！　子供に嘘をついている罪悪感！　そして、ごめん、ごめん、おっぱいいいいいいいいいいいいいいい！

子供たちのためとはいえ、俺は自分の夢に嘘をついてしまったああああああああ！

やばい。泣けてきた。こんな俺におっぱい写真を目指す資格はあるんだろうか？

「今のところ、カットで」

なんか、撮影スタッフさんのそんな声が聞こえてきた。

「え、えと、じゃあ、彩人お兄さんにもっとカメラのことを教えてもらいましょう！」

そして、美桜が編集点を意識しつつ、仕切り直してくれる。やばすぎた状況に彩人は激しい疲労を感じた……でも、あれか。

あの茶道部の子は、俺を警戒しつつも、妹の意思を尊重して、このカメラ教室への参加を許してくれたのか。

てか、俺が奈々枝のおっぱいを撮ったのが原因なだけで、あの子はめっちゃいい子だしな……本気で、和解の道を模索した方がいいかもしれない。

そんなこんなでそれからもカメラ教室は続き、最後は美桜も一緒に記念撮影をして、幕を閉じたのだった。


「はあ～、疲れた」

カメラ教室が終わったあと。彩人と雪希はカメラ部の部室に戻り、ぐでっとしていた。

やっぱ、子供のパワーすげえわ。彩人は倒れるような感じで、椅子に身を預けていた。

「あー、つっかれた。やばい、子供のパワー凄い。ついていけんわ」

がっくしと机に突っ伏す。もうこのまま寝たいくらいだ。それはそうと、小さな女の子にカメラを教えてあげていた助手の姿……なんだか新鮮で、とても可愛(かわい)……

「……あの、変態」

「俺は先輩なので、その呼び方だと起きられません」

「彩人お兄ちゃん」

「それはさっき終わった！」

初等部の先生のはからいでお兄ちゃんと呼ばれていたが、正直めっちゃ恥ずかしかった。

「あの、聞いて欲しいことがあります」

「？　なんだ？」

……気持ちを落ち着けて、彩人の瞳を見つめながら、雪希は言った。

「わたし、カメラマンを目指してみようと思います」

「――――」

彩人、思考停止。沈黙が降り、時計のチクタクという音がやけに大きく聞こえる。

「……もしかして、先輩は最初からわかってました？」

だから今日、わたしにカメラの先生をやらせてくれたんですよね？　と、空色の瞳が問うてくる。

「……まあ、写真を撮ってる時の助手は、本当に楽しそうだったから」

胸が、温かくなっていく。この先輩は、いつもちゃんと自分のことを見ていてくれる。

「ありがとうございます、先輩」

「――」

その笑顔が、可愛いいいいいいいいいいい！

「まだ自分が本気かどうかわからないですけど……真剣にやってみようと思います。今までよりも。……ですから」

雪希は心を込めてお願いする。

「先輩。これからも、わたしにカメラを教えてください」

――その瞬間、雪の華が舞った。

白宮雪希。今年の春に高等部へ進学し、カメラ部へ入部してくれた女の子。

いつも無表情で心の内がわかりづらく、時々からかってくる後輩ちゃん。

実は俺の幼馴染で、子供の頃の約束を守って、助手になってくれた。

そして、おっぱい写真なんてとんでもない夢を追いかけても、応援してくれる。

――何より、日々、カメラを心から楽しんでいる笑顔が、可愛くて。

「任せろ！」

だから、考えるよりも先に、速攻で返事をする。

雪希の気持ちが、雪希の決意が、嬉しくてしょうがない。

「助手が本気で決意したのなら、俺も全力で応える！　助手が絶対にカメラマンになれるように、俺にできることは何でもする！」

時間が止まったように、雪希には感じられた。次々と心に届く彩人の言葉が、弾けて、喜びに変わっていく――

「ありがとな、助手！」

カメラを好きになってくれて、おっぱい写真という夢を追う自分をいつも助けてくれて……色んな思いが溢れたら、自然に感謝が言葉になっていた。

「……お礼を言うのは、こっちですよ、先輩」

演劇の才能はあったけれど、自分の本当にやりたいことがわからなかった。それを教えてくれたのは――今の目の前にいるおバカな先輩。

「ありがとうございます、先輩。これからも、よろしくお願いします」

心からの感謝を、雪希は伝える。当然、彩人に笑顔が弾ける。

「おう！」

――こうして、雪色の後輩ちゃんは、カメラマンという夢を持った。

13枚目■桜舞う、おっぱい写真

祭囃子の音が聞こえる。

煌々と輝く提灯が連なり、その灯に照らされながら、浴衣姿の人々が歩く。波音の響く海辺には、たこ焼きや焼きそば、射的やお好み焼きなどの屋台が軒を連ね、お祭りに訪れた人々の笑顔を、夜空の月が見守っていた。

「神崎せんぱーい、雪希ちゃーん♪」

がやがやと賑わうお祭り会場の中、可愛らしい声が響く。桜色の浴衣を纏った女の子が、元気よく手を振りながら、こちらへかけてくる。その姿も、とても可愛らしい。てか、

アイドルの浴衣姿ああああああああああああああああああああああ！

今日は、海辺で開かれる夏祭り。お神輿も出るし、最後には夏の終わりを飾る花火が上がったりもする一大イベント。夏の思い出を作るため、彩人、雪希、美桜は、三人で一緒にお祭りを回る約束をしていた。

「雪希ちゃん、浴衣可愛い♪」

「美桜ちゃんも可愛いよ」

雪希は、銀色の髪に映える空色の浴衣が凄く似合っている。小柄だから子供のような愛らしさもあって、でもどこか、浴衣の醸し出す妖艶さもあって……幼さと大人っぽさのア

ンバランスさが可愛さを表現する。浴衣は肌の露出が少ないけど、その分、きんちゃく袋を持つ小さな手の白さが、一際美しさを際立たせる。

美桜は、桜色の瞳と桜色の髪が、淡い桜色の浴衣によく似合っている。本当に、桜の妖精が浴衣を着てお祭りに遊びに来たみたいだ。お祭りの雰囲気もあって、物語の中へ迷い込んだような錯覚に陥る。そして、今の美桜はアイドル。

手をとり合う浴衣姿の美少女二人。……二人とも本当に可愛いと彩人は思った。

ちなみに、聖花は友人の爽子と千鶴たちと、奈々枝は茶道部の子たちと、静は妹の春香と、冬夜は心から慕う姉とお祭りを回るらしい。

「先輩」

「神崎先輩」

「うお！」

「「行きましょう」」

美桜の要望で彩人も浴衣を着ている。その袖を両方から引っ張られ、首から下げているカメラが揺れた。

雪の妖精と桜の妖精に手を引かれてお祭りの中を走る。……本当に夢の中みたいだ。

「あれ、やりましょう！　射的♪」

美桜はもう最初からテンションマックスだ。子供みたいにはしゃいでいるのが可愛い。

返事も待たずに駆け出した。

「そういえば、先輩。美桜ちゃんのおっぱい写真はどうなりました？」

「……まだ返事貰(もら)えてない」

美桜がアイドルになれたら、そして美桜がおっぱいを撮って欲しいと思ってくれたら……美桜のおっぱい写真が撮れるという約束だった。でも、美桜からは一向に音沙汰なし。おっぱい写真のおの字もなかった。つまり、それは……

「美桜ちゃんは先輩におっぱいを撮られたくないということですね」

「言わないでくれええええええ！」

突き付けられる現実に耐えられなくて、彩人は叫びをあげた。

「あともう少し、あともう少しでその現実と向き合えるから！」

「やっぱり、アイドルのおっぱいは撮れませんよ」

「わかってるわああああ！」

夢を見すぎていた自分を、彩人は激しく後悔した。

「神崎先輩、雪希ちゃん、早く♪」

射的屋から、美桜の待ちきれないという声。彩人は泣く泣く歩き、雪希もそれに続いた。

そうして、お祭りを楽しんだ。

彩人が射的で全弾外したり、美桜がかき氷を食べてきーんとなっている姿が可愛かったり、雪希とたこ焼き早食い勝負をして火傷(やけど)したり（雪希は普通に食べていた）、途中で偶然出会った静先生の浴衣姿を見て感激のあまり気絶しそうになったり……楽しい時間はあっという間だった。祭りの灯に照らされる二人の笑顔が彩人の心に焼き付いた。

「それじゃあ、神崎先輩。ここからは別行動です」

「え？　どゆこと？」

やばい！　後輩ちゃんたちとのお祭り楽しすぎる！　と思っていたら、突然、美桜がそう言った。そして、雪希と腕を組む。何それ、浴衣美少女が腕を組んでいる姿、可愛いいいいいいいいいいいいいい！

「わたしと雪希ちゃんはここで抜けますから」

「このあと、ミナちゃんと合流するんです」

湊（みなと）は演劇部に所属する女の子。雪希と美桜と湊の三人は、初等部からの親友同士。文化祭に向けての演劇の練習が忙しく、この夏休みはほぼ会えなかった湊だが、今日はお祭りに参加できるらしい。

美桜のアイ活中も、スマホでメッセージを送ってくれていたようだ。

「ちょっと待って、俺一人になっちゃうんですけど!?」

「はい！」

「なんて元気のいい返事！」

いきなりのけものにされた彩人は涙目だ。でも、親友同士でお祭りを回りたいという気持ちはよくわかるので、泣く泣く送り出す。

「あ、それと、わたしのステージ、絶対見に来てくださいね」

お祭りの最後に、海辺の特設ステージでアイドルの美桜がライブをすることになっている。それを目当てにお祭りに来たお客さんも多く、さっきから、美桜へ視線を送ってくる人たちが沢山いる。

「先輩、それでは」

「おーう、楽しんでこーい」

雪色の後輩と桜色の後輩は、仲良く手を繋ぎながら、お祭りの中へ消えた。

「……よーし、お祭りでぼっち！　へこむ～～～！」

さっきまで天国だったので、寂しさがハンパない。

「しょうがない、一人でぶらつくか」

このお祭りには聖花や奈々枝たちも来ているけれど、なんか急に声をかけるのもためらわれる。仕方なく、彩人は一人でお祭りを巡ることにした。

「あ、彩人お兄ちゃん！」

「え」

と思ったら、いきなり声をかけられた。顔を向けると、そこにはカメラ教室でカメラを教えた女の子と……

「げ、変態！」

「茶道部の一年生！」

あろうことか、一番出会いたくない子に出会ってしまった。

「彩人お兄ちゃん、この前はありがとう！　わたし、もっとカメラを好きになったよ！」

「お、おう！」

浴衣姿でぴょんぴょん跳ねる。可愛(かわい)らしいがそれどころじゃない。

「あの、神崎先輩」

「は、はい！」

やっぱ、キター！

背筋を伸ばし、恐る恐る次の言葉を待つ彩人に、茶道部の一年生は言った。

「その、ありがとうございます」

「え？」

「愛菜(あいな)が、とても喜んでいたので」

「お、おう」

信じられないことに、感謝してもらえた。やっぱり、妹想(おも)いのいい子のようだ。

「でも、奈々枝先輩は渡しませんから！」

「やっぱ君はその方が、らしいわ！」

そのあと、茶道部の一年生とその妹と別れた彩人は、一人でお祭りを回った。

寂しいかと思ったけど、意外に楽しかった。

「みなさん、こんばんは！　春日(かすが)美桜です！」

「「「おおおおおおおおおおおおおおおおおおお！」」」

そして、約束の美桜のライブ。お祭りの特設ステージの前に、大勢の観客が押し寄せ、夏の夜をこれでもかと楽しんでいる。

中には、他県からやってきた美桜のファンもいるらしく、オリジナル半被（はっぴ）を着て、美桜の応援をしていた。すでに親衛隊までいるのかと彩人は驚いた。

「それでは、歌います！　SummerWish」

美桜の所属するアイドルグループSummerWish。そのデビュー曲は、グループ名と同じ名前。夏らしい、明るくて元気な曲で、聞いているだけで楽しくなる。

前奏が流れ始め、美桜がステップを踏む。その姿がとても可愛ら――

「え!?」

その時、彩人は度肝を抜かれた。なぜなら――

銀色の華。

雪の結晶が、桜の花びらのように舞う。

真夏のステージに、雪色の少女が降り立った。

「――助手!?」

美桜と同じ、浴衣をモチーフにしたアイドル衣装の雪希。とても似合っていて、可愛らしい……けど、どういうこと!?

「サプライズゲストです！　今日は、親友の雪希ちゃんと一緒に歌います！」

「マジかあああああああああああああああ！」

予想しえない、ありえない光景に、彩人は絶叫。え、マジで聞いてない！　どういうこと、助手!?　だが、彩人の心の叫びは当然ステージには届かない。てかまさか、さっき俺を一人にしたのは、このため!?

「……っ」

恥ずかしいのか、雪希は頬を染めながら、美桜の左手と自分の右手を合わせ、左手で握るマイクで歌い始める。――いや、歌、うま！

「……あ」

そこで、彩人はある会話を思い出す。

ある日、美桜がこんなことを聞いてきた――

『神崎先輩、アイドルになった雪希ちゃんが歌って踊る姿、見たくないですか？』

突然、なんだ？　と思ったが、彩人は即答する。

『見たい！』

『ですよね！　絶対、可愛いですよね！』

『おお！　絶対、可愛い！』

――と意気投合し、雪希がアイドルになったらどうなるかみたいな話題で盛り上がってしまった。……いやまさか、本当にするとは！

そう、これは雪希と美桜から彩人へのサプライズ。雪希は一緒に夢を見つけてくれたお礼。そして、美桜はアイドルへ導いてくれたことへのお礼。

最初は驚いた雪希だったが、彩人が喜ぶと聞いて……思い切ってやってみた。

「「～♪」」

……でも、恥ずかしい。思った以上に、恥ずかしい。

目の前には、沢山のお客さん。自分たちを照らすスポットライトが熱くて眩しい。

手を振って、ステップを踏んで、歌って、踊って、ジャンプして……得意の演技でアイドルになりきり、気持ちをごまかしながら歌って踊るけれど、やっぱり、恥ずかしい。

「あはは♪」

でも、美桜はとびきり楽しそう。いつかまた、雪希とこうして一緒に夏祭りの舞台でライブをしたいと思っていたからだ。――今、この瞬間、アイドルとして、雪希と一緒に夏祭りのステージで歌えていることが、嬉しい！

「「ずっと、好きだよ♪」」

歌う。踊る。元気いっぱいにステップを踏んで、手を振って、全力で声を出して、想いを届ける！　みんなの笑顔がはじける。夏の夜のお祭りで、みんなの心が一つになる。

それは、あの最終オーディションで感じた風景と変わらない。

——やっぱり、アイドルって凄い。

——わたしは、アイドルが大好き！

「……」

目の前で、歌って踊る、雪希と美桜。彩人は呆然とそれを見ていた。

雪色の少女と桜色の少女が、真夏の夜のステージで、輝いている。

ひらり、はらり。

雪の華が、桜の花びらが、広がって、輝いて、舞う。不思議な、とても不思議な……そして、美しい光景だった。彩人には、見える。幻想的な、その光景が。このお祭りの会場の全てに届く、雪と桜の花びらが。あの最終オーディションで、彩人は奇跡を見た。けれど今、この場所で、もうひとつの奇跡に魂を貫かれる。

雪希も、一生懸命、練習したのだろう。この日のために、美桜と一緒に。可愛い。美しい。このまま、アイドルデビューできる。そう思うくらい、今の雪希は、輝いている。

まさか、いつも一緒にいる後輩のアイドル姿を見られる日が来るとは……

「？」

その時、曲の途中で、なぜか雪希がステージを降りた。一応、キリのいいところではあるが、まだ曲は続いている。なぜ？――思った瞬間、桜の花びらが、世界を包み込んだ。

「っ」

世界が、真っ白になる。桜の花びらだけが舞っている。

ステージも、音楽も、周りにいる観客の人たちも、空の月も、波音も、何もかもが消えて――桜舞う世界に、自分と美桜だけになる。

そして、輝く美しいおっぱい。

――あの夜、永遠に諦めたはずの奇跡が、今、目の前にあった。

自分は今――美桜と美桜のおっぱいに、魂を貫かれている。

「神崎先輩！」

「っ」

美桜に名前を呼ばれ、はっとなる。心が、どんどん高揚していく。

桜。

桜が、舞っている。

桜舞う世界で、美桜は叫ぶ。

「どうぞ！」

「──」


彩人は、理解する。自然と、身体が動いていた。首から下げているカメラを構える。

──世界が、スローモーションに見える。

ジャンプした美桜の桜色の髪が揺れ、浴衣風のステージ衣装のスカートが翻る。

そして、おっぱい。桜舞う世界で輝くおっぱいが、揺れる。

美桜。桜色の少女。その少女とおっぱいが放つ光が世界を輝かせる。

だから、彩人はシャッターを切る。何の迷いもなく。


──カシャ！


シャッターが切られた瞬間、桜色の世界が消え、現実へと戻る。

ステージの灯り、観客の人たちの声、夏の熱気……全てが蘇る。

ど、と彩人に疲労感と……そして、途方もない達成感が生まれた。

「ありがとうございましたー！」

歌い終わった美桜に、観客の人たちが大声で応(こた)える。

夏の夜のお祭りは、大盛り上がりだった。


ひゅるるるるるる……ドーン！


同時に、花火が打ちあがる。海に浮かぶ船から、夏の夜空に花火が打ちあげられ、大輪の花を次々と咲かせる。ライブの熱気冷めやらぬまま、人々はその美しさに感動する。

「神崎先輩、撮れましたか？」

ステージの上。観客席の最前列にいる彩人(あやと)に美桜が話しかける。観客の人たちには、当然何のことかわからない。

「……っ、ぁあ、撮れた」

気づけば、彩人は涙をこぼしていた。感動が、今も胸を駆け巡る。

ステージ衣装のままの雪希が、いつの間にか彩人のそばにいた。

「……ありがとう、美桜」

「はい」

美桜の可愛らしい笑顔。

こうして、彩人は美桜のおっぱい写真を撮ることができた。

題名は

――桜舞う、おっぱい写真

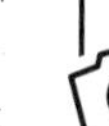

14枚目■おバカな先輩と後輩ちゃんたちの新しい一歩

「……はあ」

九月。カメラ部の部室にて。彩人は椅子に座りながら、テーブルの上に置いたスマホを見ていた。画面の中では、九人のアイドルが歌って、踊っている。

アイドルグループ――Summer Wish。画面の中の美桜は、きらきらと輝いている。

「先輩、また見てるんですか」

すぐ目の前に座る後輩から、そんな声がかけられる。銀色の髪にアクセリボン、空色の瞳が今日も美しい。

「まあな。なんだか、夢みたいだと思ってさ」

先日のお祭りで撮れた、桜舞うおっぱい写真が忘れられない。燃え尽き症候群とでも言うのか。心地いいくらいにぼんやりしてしまう。

「……そういえば、美桜は学園に来る日数が減るんだっけ」

「はい、アイドルですから」

清風学園はそこのところ理解のある学園だから、単位や出席日数なども色々便宜をはかってくれるとか。今度、美桜を清風学園の一日学園長にする企画も進んでいるらしい。

でも、親友と会える時間が減るので、雪希は寂しそうだ。

「……だよな」

美桜は、アイドル。遠い世界の人。アイドルになるための手伝いも終わったし、美桜のおっぱいも撮らせてもらった。そして彼女はこれからますます忙しくなる。

……つまりもう、彼女と関わり合うことはないだろう。

「変態」

「俺は先輩でーす」

気の抜けた返事をする彩人に、雪希は尋ねる。

「どうでした。美桜ちゃんのおっぱいを撮って。何か、摑めました？」

「——もちろん」

ふぬけながらも、彩人ははっきりと肯定する。あの夏祭りの日——彩人は桜色の世界で、桜舞うおっぱい写真を撮った。あの時の衝撃は、感動は、永遠に忘れられない。

感性に刺激を与えてくれる美桜と距離ができるから、これから心象風景は薄らいでしまうかもしれないけど……それでも、前へ進めた実感がある。

「助手。俺は、やっぱり、おっぱい写真を目指すよ」

「……」

「今までよりも、本気で。何があろうと、必ずこの夢は叶える」

美桜に、教えられた。——夢を諦めない強さを。

「まだ全然方法はわからないけど、おっぱい写真のモデルを引き受けてくれる子を探してみる。もちろん、その子が笑顔になれる方法で」

　その瞳には、新しい輝きが宿っていた。雪希は、嬉しくなる。

「わたしもお手伝いします。先輩の助手として」

「おう！　ありがとな、助手！」

　元気のいい返事。そんな彩人を見て、雪希は少しだけ微笑んだ。

「そういえば、先輩のご両親におっぱい写真を見てもらう話はどうなったんですか？」

「ああ、それな」

　彩人は両親に、美桜の桜舞うおっぱい写真を送った。すると。

「出版社の人に話をしてもらえることになったよ」

　彩人の父と母は、根っからの芸術家だ。だから、たとえ息子であろうと、えこひいきはしない。彩人の撮った写真が自分たちの求める基準を超えないかぎり、出版社に話はしないつもりだった。……が、

「一応、母さんも父さんも俺のおっぱい写真を認めてくれた……というより、可能性を見てくれたよ。ま、話はするけど、出版社の人がどういう反応をしてくれるかはわからないけどな」

「それでも、おめでとうございます、先輩」

　彩人のおっぱい写真が、芸術家に認めてもらえた。その事実は、雪希にとって嬉しいことで、だから、祝福の言葉を贈る。

「おう、ありがとな、助手。……えーと、それでさ、実はそれよりも重要な話があって」

「こんにちは〜♪」

「「っ」」

いきなりノックもなしに部室のドアが開いた。

同時に、ひらりと桜の花びらが舞う。

そうして現れたのは——なんと美桜だった。

「美桜!? 何でここに!?」

「何でって、遊びに来ました」

「アイドルが気軽に遊びに来ちゃっていいの!?」

「え、全然いいじゃないですか! わたし、この清風学園の生徒ですし、カメラ部の部員ですし」

「え、部員ではないでしょ!?」

美桜は得意顔でVサインする。

「さっき、静先生に入部届けを出してきました。わたしも正式なカメラ部の部員です」

「なんてことを!?」

自分の部活に本物のアイドルが入部。……いや、マジで何でやねん！

「これからお仕事が忙しくなりそうなので、あんまり遊びに来られませんけど」

「むしろ、遊びに来ている場合ではないのでは!?」

おっぱい写真を全力で目指す先輩のいる部活……うん、アイドルの方を頑張って欲しい！

「美桜ちゃん、今日からドラマの収録じゃなかった？」

「うん。でももう終わったから、そのまま遊びに来ちゃった」

「来る意味なくない!?」

お仕事が終わった時点で、学園は放課後になっていた。なのに美桜は学園に来て、静に入部届を出してそのままカメラ部へ来たらしい。

「ありますよ、大切な意味が」

「どんな意味が!?」

「神崎先輩に会えますから」

「え」

どき、とする。え、今、美桜はなんて——

「それに、雪希ちゃんがいますから♪」

走って雪希の座っているところまで行くと、そのままぎゅううぅと雪希を抱きしめる。

なんかこの子、前よりも助手のこと好きになってない？

「あ、そうだ。雪希ちゃん。あのね、プロデューサーさんが夏祭りの映像を見て、雪希ちゃんもアイドルデビューしませんか？って」

「何いいいいいいいいいいいいい!?」

美桜の爆弾発言に彩人は度肝を抜かれた。

「え、冗談だよね!?」

「いえ、本当です。雪希ちゃんにその気がないか聞いて欲しいって言われましたもん」

「マジかああああああああああああ！」

まさかの後輩ちゃんもアイドルデビュー展開。いや、待て。それはマジで困る。だって、助手は俺の助手だし！　助手がいないと、俺はきっとおっぱい写真という夢を叶えられない！……それに……いやとにかく、助手がいなくなるのは駄目だ！

「それは駄目だ！」

「「っ」」

彩人の大声に、雪希と美桜は驚く。

「たしかに助手は可愛い！　アイドルとして勧誘されるのも頷ける！　あの夏祭りのステージも本当に可愛かった！」

「「……」」

「だが、俺は助手がいないと困る！　助手にいなくなられたら……とにかく、お願いします助手様！　俺を見捨てないでくださいいいいいいい！」

考えがまとまらなくなった彩人は、土下座。とにかく何でもいいから後輩ちゃんを引き留めたかった。……でも、もし、助手にアイドルになる気があるなら、泣きながら見送るしかねえええええええ！

「大丈夫ですよ、先輩」

「っ」

もはや土下座したまま泣きそうになっている彩人に、雪希の声がかけられる。

「わたしは、アイドルになるつもりはありません。これからも、先輩のおっぱい写真を手伝います」

「……」

雪希の言葉に、彩人は感動して……両手を組んで祈りのポーズで感謝をささげた。

「助手さまああああああああああああああああああああああああ！」

マジでよかった！

このままアイドルになりますとか言われたらショックで寝込んでた！

……いやでも待てよ。

アイドルになることよりも、おバカで変態な先輩のおっぱい写真を手伝う道を選んでくれる後輩……え、神すぎない？　俺もっとこの子のこと大事にしないと駄目じゃない？

「わかった。本当は雪希ちゃんがアイドルになってくれたら凄く嬉しかったけど……」

ずっと雪希を抱きしめたままだった美桜は、その手を離す。

「でも、神崎先輩がかわいそうなので、雪希ちゃんはとらないであげます。そのかわり、神崎先輩」

人差し指をたてて、美桜は彩人にぐいっと顔を近づける。あ、可愛い顔が目の前に。てか、アイドル。いや、マジで可愛すぎるううううううううう！

「雪希ちゃんを、笑顔にしてあげてくださいね」

「もちろんです！」

彩人は全身全霊で約束する。こんなに可愛くておっぱい撮りたいなんて言ってもついてきてくれる後輩を大切にしないわけがない！

「それじゃあ、そろそろ行きますね」

「え、もう行くのか？」

「実はこのあともお仕事が入ってて、でもちょっとだけ間があったので来ちゃいました」

都内でアイドルの仕事をしたあと、この清風学園に戻り、今度はここ茅ヶ崎で地元テレビのお仕事が入っているらしい。マジで忙しい中、来てくれてた！

「神崎先輩、雪希ちゃん、改めて、ありがとうございました！」

部室の扉の前で、美桜はお辞儀と共に感謝を伝えてくれる。

「わたしがアイドルになれたのは、二人のおかげです！　わたし、頑張ります！」

爽やかで、可愛い笑顔。いやこの子、大丈夫でしょ。１００％愛されるわ！

ひらり、はらりと舞い散る桜の花びらの輝きが、前よりも遥かに増していた。

「それじゃあ、また遊びに来ます♪」

手を振って、美桜は部室から立ち去った。最後にひとひらの桜の花びらが生まれ、部室の中を舞う。ひらりと舞った桜の花びらは、ゆっくりと降りてくる。

「まさか、美桜がカメラ部に入部してくれるとは……」

しかもたまにとは言え、アイドルが遊びに来るとか……幸せすぎる！

「はあ」

凄い展開が嵐のように起きて、彩人は気が抜けたように椅子に腰を下ろした。

……でも、また美桜に会えるのは、素直に嬉しい。

「……あ、それでさ。助手。さっきの話の続きだけど」

と、そこで美桜が来る前まで話していた重要な話を彩人は思い出す。

？　といった様子の雪希に向けて、彩人は言った。

「実は、俺のおっぱい写真と一緒に助手の撮った写真も何枚か送ったんだ。あ、てか、勝手に送ってごめん」

そういえば、ナチュラルに送ったけど、肝心の雪希の許可をとってなかった。

「いえ、それはいいですけど……」

まだ話が飲みこめない雪希に、彩人は続ける。

「それでさ、父さんと母さんがやたらと助手の写真を気に入ってさ。是非、これからも頑張って欲しいって」

「――」

それは、雪希にとっては思いもよらない言葉。彩人の両親がどれだけ凄い芸術家なのかは、ネットや書籍などを通して雪希は知っている。

彩人はあんまり両親のことを話さないので、いきなりその凄さを知った雪希の驚きは計り知れない。そして、そんな芸術家の方たちから……自分の作品を褒めてもらえた。

「……」

喜びが、雪希の心に溢れる。それは、本当に、予想もしていなかった勢いで……自分が、写真を褒められることでこんなにも嬉しさを覚える人間だったことを、雪希ははじめて自覚した。熱くなり続ける胸に雪希は手を置く。

――とくん、とくん、という心臓の音が、いつもより、しっかりと聞こえた。

「ありがとうございます、先輩。……とても、嬉しいです」

「……」

その時の雪希の微笑みは、彩人の魂に焼き付いた。

――とくん。

あれ？　なんだ？　本物の芸術家に写真を褒めてもらえて、喜んでいる後輩ちゃんの笑顔。

笑顔は今までに何度も見てきたはずなのに……どうしてか、心臓が高鳴る。

「わたし、これからも頑張ります」

「……お、おう。だな。俺も、頑張る！」

雪希の言葉で我に返る。が、なんだか今までにない感覚があって、少し落ち着かない。

「はあ、それにしても、夏が終わっちまったな」

それをごまかすように、彩人は頭の後ろで手を組んで椅子に身を預ける。

暦の上では、九月まで夏だし、まだ暑さもあるが……夏休みが終わって学校が始まると、夏が終わった～という気分になる。アイドルでいっぱいの夏だった。

「本当はこの夏休みで、学園中の女の子のおっぱいを撮るつもりだったんだが……」

ぎし、と彩人の体重でパイプ椅子が音を立てる。

高校二年の夏休み。おっぱい写真に挑戦した結果、撮ることができたのは、たった一人。いや、もちろん、アイドルの美桜（みお）様のおっぱいを撮らせていただいたことはあまりある光栄……だけど、最高のおっぱい写真を目指す者としては、反省するところが多い結果。

「でも、楽しかったです」

部室の天井を見上げる彩人に雪希がそんな言葉をかける。

「——そうだな」

彩人は、素直にそう返事をする。

「この夏は、楽しかった」

——美桜が最後に残した桜の花びらが、ゆっくりとテーブルに舞い降りた。

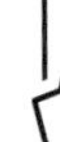

エピローグ■――ありがとう、おっぱい

「さて、そろそろ帰るか」

美桜が帰ったあと。

しばし部室でくつろいでいた彩人は、立ち上がって帰り支度を始める。

カメラ部の活動は、基本、撮影と、写真の品評と研究だ。

撮影。学園のあちこちを巡って写真を撮ったり、海などに行って写真を撮ったりする。

品評。撮った写真を見て、どんな写真が撮れたか、どうすればもっとよくなるかを話し合う。

研究。カメラ雑誌やネットで、プロのカメラマンやコンテストで入賞した写真を見て、撮り方や表現法などを学ぶ。

あとは学内ネットのカメラ部のページに活動報告や写真のアップなどをしているが、だいたい、いつも撮影・品評・研究のどれかをしている。

だが、特に何もしない日もある。その日の気分で、ただ、雪希とのんびり部室で過ごし、何もせずに帰ることもしばしば。そんな時、彩人はカメラ雑誌をめくるか、スマホで何か見ているか。そして雪希はだいたい文庫本を読んでいる。

一年の時、カメラ部に彩人がたった一人の時は、毎日ひたすら写真ばかり撮っていたが……雪希が入部してから、なぜかそんなのんびりする日が生まれた。

「あの、先輩。帰りに海で少しだけ撮影してもいいですか」

「おう、いいぞ」

途中まで帰りは一緒だし、海での撮影に付き合うくらい、むしろ大歓迎。

「それじゃあ、戸締りします」

文庫本に栞を挟み、雪希は立ち上がった。


――ぼんっっっ！


「「え」」

アニメみたいな音が響いた。

雪希の制服の前ボタンが弾け飛び、制服がはだけ、さらしが舞い――

おっぱい

この世のものとは思えない、美しいおっぱいが、その姿を見せた。

その色、艶、形――全てが、理想のおっぱいを完全に表現している。

「――！」

その瞬間、雪希は顔を真っ赤にして、両腕でおっぱいを隠した。

けれど、雪希の華奢な腕では、大きすぎるおっぱいを隠すことなどできない。腕の隙間から、見事なおっぱいが溢れる。

「！」

くら！　あまりにも凄まじい完全なる美――意識が一気に遠のいた彩人は、傾いた身体を支えるためにテーブルに手をついた。

そこには、美桜が最後に残した桜の花びらがあった。

「……っ」

雪希は顔を真っ赤にし、おっぱいを隠したまま動けない。ただ目の前で、必死に意識を繋ぎとめる彩人を見続ける。以前の彩人なら、すでに気絶し、記憶を失っている。

だがこの夏の経験で、彩人の精神は少しだけ強くなった。……そして、美桜の桜の花びらが、彩人の意識を繋ぎとめていた。

「――」

一気に、全てが蘇る。あの夏の日、海辺で出会った理想のおっぱいを持つ少女。

雪希。春合宿の大浴場での出来事、学内コンテストのあと、海辺で見た、雪希の――

「助手が……理想のおっぱいを持つ女の子だったのか？」

ふらふらとした頭で、彩人は雪希に尋ねる。問われた雪希は——

「っ」

その空色の瞳から、涙がこぼれる。

雪希は胸を抱えたまま、カメラ部の部室から飛び出した！

「助手！——っ」

追いかけようとした途端、景色が歪む。彩人の身体は部室の壁に勢いよくぶつかった。

そして、そのまま——

「いや、しっかりしろ、俺！」

感動が止まらない。雪希の美しいおっぱいで頭も心も魂もいっぱいになり、無限の感動が生まれ続ける。心象風景が発動し、さらなる感動が溢れ続ける。……やばい。到底、耐えられるものじゃない。このまま気絶して楽になってしまいたい——でも、

「……助手は、泣いてた」

遠のく意識の片隅で、彩人は確かに雪希の涙を見ていた。

「気絶なんてしてる場合かああああああああああ！」

一歩を踏み出す。

油断したら一瞬で気絶することがわかっているから、全力で意識を繋ぎとめる。

そして彩人は、全力で雪希を追いかけた。

「助手！」

「はあ、はあ、はあ」

雪希は、走る。彩人におっぱいを見られたショックで、色々な感情が溢れて、涙がこぼれてしまう。どうして、こんなにも胸が苦しいのだろう？　彩人から逃げてしまうのだろう？　わからない。でも今は、立ち止まりたくない。

一刻も早く、彩人から逃げたい……の？　自分の気持ちがわからないまま、雪希は学園内を走り抜け、校門を出て学園前にある海へと逃げ込んだ。

今は、放課後。学園内にはまだ生徒が残っており、部活動に励んでいた。当然、走っている雪希の姿は目撃され……雪希の大きすぎるおっぱいに、みんな驚いていた。

「はあ、はあ、は……」

水平線の向こうに沈み始めた太陽。まもなく夕暮れを迎える海は徐々に茜色（あかねいろ）へと変化していく。いつもと変わらない、静かな風景。波音が響く中、砂浜の砂を蹴り上げながら、雪希はまだ走っている。こんなに全力疾走したのは、生まれてはじめてかもしれない。

さらしを巻かないまま、おっぱい全開で走ったのは、間違いなくはじめてだ。走るたびに揺れて、重くて、とても走りづらい。雪希は走りながらおっぱいを両手で抱えた。

「……」

走りながら雪希は考える。彩人は今頃どうしているだろうか？　さっき、彩人は自分のおっぱいを見ても気絶していなかった。……でももし、今、部室で気絶して倒れていたら……彩人のことが心配になり、雪希の足が緩み始める。

「助手――――――！」

びくっ！　止まりかけていた雪希の身体が震える。振り向くと、なんと彩人が追いかけてきていた。首にはいつもどおり、カメラが下がっている。自分はおっぱいが重くて仕方がないけれど、彩人もよくカメラを首から下げながらあんなに走れるものだと感心する。

（……先輩、気絶してない）

今まで何度か、彩人には自分のおっぱいを見られている。そのたびに彩人は気絶し、記憶を失ってきた。……でも今は、気絶していない。それどころか、追いかけてきている。

おっぱいを両手で支えるのもつらくなってきたので、もう普通に腕を振って走る！

「ぜえ、はあ、つか、助手、速！」

運動神経がいいとは聞いていたし、なにげに体力あるなあと思っていたが……これ、体育の成績も絶対いいぞ！　足、速！

「――ぅあ」

あ、駄目だ、これ。

さっき見た、助手のおっぱいの美しさが、心に焼き付いて、まだ感動が魂の中で暴れ続けている。心象風景の影響もヤバい。助手のおっぱいが、神聖な光を放っているのが見える。気を抜いたら、絶対気絶する。……けど、今だけは、気絶するわけにはいかない！

「助手――――――――！」

「……っ」

「て、さらにスピードアップするんかい！」

彩人の叫びを聞いて、雪希はさらにダッシュ！　さっきよりも速度をあげて逃げる。

太陽の光が煌めいて、茜色がどんどん濃くなる。波音はいつもどおり静かで優しくて……なのに、今の俺たちはそれどころじゃねえええええええ！

たゆん♡　ぽよん♡

「がふっ」

ていうか、凄い。マジで助手のおっぱい凄すぎる！　今、助手の背中しか見えていないのに……ぽよん♡♡♡　ぷるん♡♡♡

「ごはあっ！」

走ることで力が生まれ、助手の見事すぎる芸術すぎる最高すぎる素晴らしすぎる奇跡の神おっぱいが揺れている。揺れていることで、走るたびに助手の小さな身体からはみ出して見える！　なんだこの感動はあああああああああ！

「――あ、やばい！　今、気絶してた!?」

感動のあまり走りながら気絶してたようだ。絶対に今の雪希を放っておけないと決意していたため、頭が気絶しても身体は動いてくれていた！　何この奇跡体験！

「――このままじゃ、埒が明かねえ！」

この砂浜は長い。助手は女の子だから、男の俺の方が体力あるはずだけど……たぶん今の助手は火事場の馬鹿力的なものが発揮されてる。なら、俺もそれを発揮するだけだ！

「うおおおおおおおおおおっぱあああああああああああああああい！！！！」

おっぱいへの愛を爆発させ、全身全霊で走り出す！

ここで自分の全てを燃やしつくす覚悟で、彩人は全身に力を籠め、砂浜を蹴り続ける。

「っ、は、はあ、はあ」

彩人が爆速で追いついてくることに雪希は気づいたが、本音はもう体力の限界。というか、おっぱいが本当に重い。……徐々に、走るスピードが落ち始める。

「おおおおおおおおおおっぱあああああああああああい！！！」

制服の前が乱れ、半裸のような状態の女子生徒。しかも、神おっぱい。

その女子生徒を「おっぱあああい！」と叫びながら追いかける男子生徒。

傍から見れば、通報待ったなしの光景である。

「助手！」

「せんぱ、あ！」

どうにかこうにか追いついた彩人が、雪希の左手首を掴む。すると、走っていた雪希は摑まれたことで運動エネルギーの流れが変わり、それにつられて転びそうになった。

「うお！　あぶな！」

それを彩人がどうにか支える。雪希の左手首を摑んだまま、傾いだ雪希の身体を支えるために、雪希の右肩を摑んだ。距離が、かなり近い。雪希の顔が、さらに赤くなった。

「ぜえ、はあ、はあ、はあ、助手」

「はあ、は、はあ、先、輩」

互いに全力疾走して満身創痍の状態。もう肺がやばい。呼吸がやばい。全身の筋肉がやばい。でも、雪希と話をしなければ。

「あの、ぜえ、はあ、はあ、助手、はあ、はあ、ぜえ、ぜえ、あの、な」

「先輩、休んで、からの方が……」

「そう、する、わ……」

雪希の身体から手を離し、彩人はその場にしゃがみこむ。やばい。限界を超えて走ったことで、かつてない疲労感に襲われている。

「はあ、は――」

雪希も同じなのだろう。彩人の隣に座り込んで、呼吸を繰り返す。

しかも今は夏。こんなに走ったら、汗だくで、開かれた制服の隙間から見える雪希の神おっぱいと肌に浮かぶ汗の雫が夕暮れの光に煌めいてとても綺麗で――

「て、やべえ！　気絶する！」

速攻で天国の芸術から目をそらし、意識を繫ぎとめる。ここで気絶したら全てがパアだ。

「ええと、改めて、助手」

ホントはまだ呼吸を整えたいが、いつ気絶してもおかしくない感じなので、彩人は話を始めた。

「助手が俺の捜していた、理想のおっぱいを持つ女の子だったんだな」

「……はい」

もう観念したとばかり、雪希は素直に頷いた。体育座りをして、自分の膝を抱える。膝に押しつけられて形を変えるおっぱいが凄い！　雪希の視線は彩人ではなく、逃げるように砂浜を見つめていた。

「えーと、な」

それで、何を話せばいいんだっけ？　助手が俺の捜していた理想のおっぱいを持つ女の子で……だから、今すぐにおっぱいを撮りたいじゃなくて！

えーと、なぜ、助手が泣いていたのか？　なぜ、逃げたのか？　なぜ、隠していたのか？　そう、大事なのは、そこだ。

「話したくなければいいんだけど……その、何でさっき、泣いてたんだ？」

「――」

てっきり、おっぱいのことを聞かれるかと思っていた雪希は驚くと同時に……すぐに、思い直す。そう、この先輩は、そういう人だった。

「……その、自分でもよくわからないんですけど……なんとなく」

「そっか。なんとなくか……」

「はい……」

「……」

「……」

ざざーん……

会話終了。雪希はそこから何も言わない。なるほど、ここからどうすればいい!?

「その、ごめんなさい、先輩。ずっと隠してて」

と、内心で彩人が困っていたら、雪希の方から話を再開してくれた。よかった!

「いや、助手にも色々事情があったんだろうし、それは全然いいよ」

ていうか、それよりも……

「その、ごめんな。俺、もっと前に助手に会ってたのに、忘れてて」

今の彩人は、全てを思い出している。中三の夏、この砂浜で雪希と出会い、雪希のおっぱいを見て感激し、最高のおっぱい写真を目指すことを再び決意した。しかし同時に、感動のあまり気絶してしまい、雪希のことを忘れてしまっていた。そのあとも、春合宿の時とか、学内コンテストのあととかにも雪希のおっぱいを見て気絶した記憶がある。

……うん、俺、大丈夫？　このあと医者行った方がよくない？

「本当に、ごめん」

　おっぱいを見て気絶して記憶を失う。おバカすぎる理由だけど、雪希のことを忘れていたのは、たしか。彩人は頭を下げて謝った。

「いえ、その……わたしも、色々と考えすぎていました」

　自分からおっぱいが大きいことを明かすのが恥ずかしいとか、色々な感情があって、今まで黙っていたけれど……一番の理由は、

「もし、先輩が、わたしのおっぱいのことを知ったら……今までの関係が変わってしまうんじゃないかって思ってしまって」

「え、何で？」

　彩人は、本気で疑問符を浮かべる。

「助手が理想のおっぱいを持つ女の子でも、俺は何も変わらないぞ」

　そして、当たり前のように言う。

「おっぱいに関係なく、助手は助手だ」

「――」

　――とくん。鼓動が、ひとつ。雪希の胸の中で響いた。

「さて、とりあえず、部室に戻るか」

　彩人は立ち上がり、制服のズボンについた砂を落とす。

「ちゃんと制服を着た方がいいと思うし……いや待て、下手に動くより、聖花たちに救援要請をした方がいいのでは？」

理由はわからないけど、ずっとおっぱいを隠していた雪希。

きっと、誰にも見られたくないはずだから、なんとかしてあげたい。しかし今ここには、雪希のおっぱいを隠せるものはない。部室に行けば、雪希の巻いていたさらしがあるが……部室に行くまでに誰かに見られる可能性がある。となれば、スマホで聖花や奈々枝(ななえ)に事情を説明し、何か羽織るものを——

「あの、先輩」

当たり前のように、雪希のために動く彩人。その対応は迅速だし、とても嬉(うれ)しいけれど……雪希には、雪希の心には、自分でも驚くような感情が生まれていた。

「——わたしのおっぱいは、撮らないんですか？」

強い感情が雪希の心を駆けのぼり、目じりに涙すら浮かばせる。

対抗心……誰への？　聖花や、奈々枝や、静(しずか)、美桜(みお)——？

自分でも驚いてしまう。自分の中に、こんなに強い感情があったことに——

「目の前に、おっぱいがあります」

「……」

「わたしのおっぱいは、先輩の求める理想のおっぱいじゃないんですか？」

「……」

「……それなのに、どうして、撮ってくれないんですか？」

聖花、奈々枝、静、美桜のおっぱいはあんなに夢中で撮っていたのに。自分のおっぱいを理想のおっぱいだと言っていたのに。今の彩人は冷静で、まったく撮ろうとするそぶりを見せない。なんだか、その事実が……胸を痛くする。おかしなことを言っているとわかっているのに、恥ずかしくてたまらないのに、雪希は、自分の言葉を止められない。

「……助手」

雪希は、捨てられそうになっている子犬のような瞳をしている。寂しいような、傷ついたような、そんな表情を……だが、彩人は、

どういうことだああああああああああああああああああああああああああああああ!?

心の中で大絶叫する。

え、だって、さっき泣いてたし、逃げてたし、今までずっと隠してたわけだし……それなのに、そんな女の子にいきなりおっぱいを撮らせてくれとか言えねえええええええ！

彩人はおバカで変態だが、こういうところは真面目で紳士だった。

気を抜けば気絶しそうになり、今すぐに雪希のおっぱいを撮りたい激しい衝動を我慢する苦痛に耐え、ただ雪希を思いやっていた彩人には、まさに理解不能な展開。

え、ちょっと待って、撮っていいのこれ？　むしろ撮らないとやばい流れ？　いや、ていうか――

目の前に、理想のおっぱいを持つ女の子がいます。

本人が、撮って欲しいと言っています。

どうしますか？

撮るに決まってんだろおおおおおおおおおおおおおおおおおお！

「助手！」

「っ」

いきなり響いた男らしい声に、雪希（ゆき）の小さな身体（からだ）はぴくっと震え、大きすぎるおっぱいはたゆんと揺れる。

「助手がそう言ってくれるなら、俺も正直になる！」

雪希のおっぱいは、可愛（かわい）い、素晴らしい、美しい、最高、神、奇跡、理想、この世界の全ての美を顕現している。絶対に、撮りたい。そして今、雪希がおっぱいを撮ってもらえないことでこんなに悲しそうな表情をしているのなら、自分が取るべき行動はひとつ。

何より、俺の夢は、最高のおっぱい写真を撮ること！

「俺に、お前のおっぱいを撮らせてくれ！！！」

王子が姫にそうするように手を差し伸べ、腹の底から、否、魂の奥底から全力で叫ぶ。

「俺は、助手のおっぱいが撮りたい！！！」

海が震えるような決意の叫び。その迫力に圧倒された雪希は、一瞬、言葉を忘れ……でも、不思議なことにこみ上げる喜びに、胸を抱いていた手を下ろす。

「先輩、どうぞ」

――――。

雪希が腕を下ろしたことで、おっぱいがその姿を現す。制服で隠れているから、全体は見えない。僅かに開かれた制服の隙間から、その肌色がわずかに見えるのみ。それでも、形はわかる。大きい。そして美しすぎる。まさに奇跡。というか、わかる。……このおっぱい、以前見た時よりもさらに大きく、そして、美しくなっている！！！

「――」

人間が最も美を感じる構成として、黄金比という考えがある。ミロのビーナスは、その構成をもとに造られている。が、今の目の前にあるおっぱい——そのおっぱいの形は、構成は、それ以上の衝撃と感動を無限に生み出し、彩人の魂を直撃する。

——

心の中に、言葉が浮かばない。美しい、その言葉ですら、無限に足りない。どこを探しても、ない。この世界に、このおっぱいを表現できる言葉は、存在しない。わずかに見えているだけで、これだ。もし、雪希が制服を脱ぎ捨て、その全てが明らかになったら……いったいどうなってしまうのか?

春合宿の時、大浴場で雪希のあっは～ん♡おっぱいを見て気絶したが……なるほど、おっぱいの部分だけ思い出せないはずだ。

感激のあまり魂が消し飛ぶこと確定なので、脳がブロックをかけている。

「——」

今も、気を抜けば一瞬で気絶しそうだ。けど、してたまるか！　このおっぱいを、最高のおっぱいを、俺は撮る！

彩人はようやくカメラを構え、ファインダー越しに雪希を捉える。雪希は、ただその場に立っている姿勢。背後には、夕暮れに染まる海がきらきらと輝き、茜色（あかねいろ）の空を雲が流れている。銀色の髪、わずかに濡（ぬ）れる空色の瞳、白い肌は雪のようで、妖精のように愛らしくも幼い顔立ちと、華奢（きゃしゃ）な身体……そして、最高のおっぱい。

「——」

こんな美しい光景を、彩人は生まれてはじめて見た。全身の細胞が震えている。

そうか、俺は——この瞬間のために生まれてきたのか。

思考が、雑念が、その他一切が消えていく。

おっぱい。

ただ目の前の、奇跡のおっぱいに——自分の全てが集中する。

「……」

美を前にして、震える彩人の指先が、動き始める。ホワイトバランス、背景のボケ具合、色、明るさ、構図、距離感……写真を撮る際に必要な知識や技術が、何も浮かんでこない。

いい写真を撮りたい？

人々を感動させる写真を撮りたい？

——違う。

叶えたいのは、ただ、ひとつ。

おっぱいを撮りたい。

このおっぱいを、この瞬間、俺は、ただただ、撮りたい。

——カシャ

奇跡が、切り取られる。シャッターボタンを押した瞬間、世界が生まれ変わったような、自分が生まれ変わったような衝撃を、彩人は静かに感じた。その衝撃は、彩人の心に広がり、やがて、全てを変えた。

「――」

「！　先輩!?」

どしゃ。突然、彩人が姿勢を崩し、壊れるように砂浜へ倒れたので、雪希は驚いてすぐに駆け出す。

「ぅ、助手……」

起き上がれないらしい彩人の身体を少しだけ動かして、雪希は彩人の頭を自分の膝にのせてあげた。いわゆる、膝枕だ。

「先輩。大丈夫ですか？」

「えーと、だな。俺、生きてるのか？」

「い、生きてますけど」

だけど、明らかに様子がおかしい。夢でも見ているような表情を浮かべる彩人。このまま気絶してしまうのではと不安になる。

「今、天国に行った気がした」

「おおげさです」

「いや、おおげさじゃ、ない」

というか、膝枕をしてもらっているので、助手のおっぱいがああああああああああああああああ目の前にいいいいいいいいいいいいいいいい！

頭の中が、自分でもよくわからない状態になっている。とりあえず、気絶はしないようだ。でも凄い。幸せすぎて、身体に力が入らない。ふわふわする。こんな感動、はじめて味わった。全ての細胞が幸せで震えている。

「……写真、は」

どうにかこうにか手を動かし、液晶に映る雪希のおっぱい写真を見た。

──夕暮れの海辺に、理想のおっぱいを持つ少女が佇んでいる

「美しい」

「っ」

間髪容れず生まれた彩人(あやと)の感想に、雪希の顔がさあっと赤くなる。

「美しいなんて言葉じゃ足りないくらいに、美しい。……そっか、俺、撮れたのか」

撮る。その気持ちだけに突き動かされたから、逆光も何もかも意識せずにただシャッターを切った。それなのに、充足感と達成感が凄(すご)すぎる。

「ようやく、撮れたのか」

嬉しい――……？　あれ、なんだ、この感覚？　嬉しいとか、美しいとか、感動したとか、そんな言葉じゃ全然表現できないこの幸せな感覚――うわ、やばい、何これ！

「……あのさ、助手」

心配そうに彩人を見つめる雪希に、彩人は伝える。

「やっぱ俺は、まだまだだ。せっかく助手が、理想のおっぱいを持つ女の子が、おっぱいを撮らせてくれたのに……俺の腕じゃ、その美しさを全然表現できていない」

理想のおっぱいを撮ったことで、彩人は自分の実力不足を痛感した。てか、凄い、この体勢だとおっぱいしか見えないんだが？

「だから、俺は頑張る。もっと凄いカメラマンになって、助手のおっぱいの美しさを、最高の形で表現する」

「……」

「そのためには、もっと沢山おっぱいを撮って修行しなくちゃいけないから、今までどおり協力して欲しいし、それに……」

「……」

「また、助手のおっぱいを撮らせて欲しい」

「――」

本当におバカな先輩だ。でも、自分もおバカかもしれない。だってこんな、おっぱいを撮らせてくれなんて言われて……嬉しいと感じているのだから。

「いいですよ。一枚、一千万円です」

「高……くないな」

「え？」

いつもみたいに冗談で言ったのに、彩人は慌てるどころか、

「だって、こんなにも美しく最高のおっぱい……一枚、一千万とか安すぎる……え、本当は一枚いくらだ？　一億？　一兆？……いや、無限円か！」

ようやく答えがわかったみたいな表情をする彩人。無限円……小学生のような発想を真顔で言う彩人に、雪希は噴き出した。本当に、小学生レベルだ。

「すまん、助手。無限円は無理だが……俺の生涯の財産を全てやる！」

「いりま……」

せんと応えようとして、思いとどまる。彩人の生涯の財産を全て受け取る女性……それは、つまり……いや、そんなつもりはないけれど……でも。

「考えておきます」

「おう、頼む」

彩人は起き上がる。別に身体はなんともないのだが、無限の幸福に魂を直撃されて、頭がふわふわしている。それでもどうにか、立ち上がる。

と、夕暮れに沈む太陽の光が、より一層世界を照らし始めた。

「しゃ、大丈夫そうだ！　気絶しない！」

茜色の輝きを浴びながら、彩人は自分の成長を実感する。全然前に進めていないかと思ったけど、どうやら、何歩かは前進しているらしい。あ、でも気を抜くとふらっとする。

「先輩」

「おう、なん——うお、やばい！　やっぱ、直視すんのやばい！」

隣に立つ雪希にうっかり顔を向けたら、おっぱいが目に飛び込んできた。まだこれから慣れる必要がありそうだ。そんな彩人に、くすりと笑いをこぼしてから。

「ずっと秘密だったことを打ち明けられて、わたしもすっきりしました。改めて、よろしくお願いします、先輩」

「おう！　こちらこそ！」

二人並んで、沈みゆく太陽と、輝く海を見つめる。潮風はやっぱり爽やかで、波の音も心地よい。——この景色はどんな時も、綺麗(きれい)なままだ。

「俺は、最高のおっぱい写真を目指す！　助手として、これからも手伝ってくれ！」

「はい、わかりました、先輩。……これからも、助手として先輩を支えます」

「——」

後輩ちゃんの柔らかな笑み。隠し事がなくなったからだろうか？

今まで見たどんな笑顔よりも、優しくて、安らぐような、可愛(かわい)らしさ。

——とくん。

もう一度。身に覚えのない感覚が、心に生まれる。それは温かくて、とても優しい。

「……助手、ありがとな」

この子がいなかったら、きっと、自分は今も迷っていた。
この子が隣にいてくれるから、自分は前に進める。
これからも、一緒に歩いていきたい。
そして、おっぱい。
自分がこの世界で、一番美しいと思える芸術。
全てを捧げても、それでも追い求めたい願い。
道はまだ遠く、叶えられるかどうかもわからないけれど。
それでも、幸せだ。
おっぱいに出会えて、
おっぱいがこの世界に存在してくれて、
おっぱいという夢を追いかけることができる日々が、幸せだ。
生まれてきて、よかった。
生きていて、よかった。
だから万感の想いを込めて、彩人は心の中で感謝する。

——ありがとう、おっぱい

あとがき

本書をお手にとっていただき、誠にありがとうございます。カメラ先輩を書かせていただいています、美月麗と申します。どうぞよろしくお願いいたします。

イラストレーターのるみこ先生。雪希たちを素晴らしく、そして、とても可愛く描いてくださり、本当にありがとうございます。2巻の描き下ろしも、本当に可愛くて美しくて、最高に嬉しかったです。賜った全てのイラストと共に、家宝にしています。

一巻に引き続き、本書の完成にご尽力くださった、担当編集のS様。いつも本当にありがとうございます。創作の道に迷った時、いつも明るく道を照らしてくださり、様々な面で助けていただいていること、心から感謝しています。そして、本書の作成にあたり教えていただいたアニメにとても感動しました。心から幸せです。

そして、読者の皆様、Ｔｗｉｔｔｅｒで応援してくださる皆様、本当に、本当に、ありがとうございます。皆様の温かなご声援に、とても大きな力をいただいています。皆様にもっと楽しんでいただけるように、頑張ります。

ちょうど本書の校正をしている時、オーバーラップ文庫9周年記念オンラインイベントの配信が行われました。

大好きな作品と、大好きな声優さんたちがイベントを盛り上げる様子を見て、すごくすごく楽しかったです。夢のような時間でした。

その中で、カメラ先輩と世話焼き上手な後輩ちゃん第1巻を、憧れの声優さんたちにご紹介していただけたこと、読者の方からの応援メッセージをいただけたこと、本当に本当に感激しました。比喩表現ではなく、生まれてきてよかった、生きていてよかったと思いました。

オーバーラップ文庫9周年という栄えある機会に、カメラ先輩が参加できた幸運が、9周年のイラストに、雪希がいてくれたことが、本当に嬉しかったです。

オーバーラップ文庫様、本作をご紹介してくださった憧れの声優様、応援メッセージをくださった読者様、心からありがとうございます。

第2巻は、桜色の少女とアイドルのお話になりました。本書の作成期間も、桜が咲いている頃で、近所の公園の桜を見ながら、美桜のことを思い浮かべていました。

考えてみれば、桜色の少女はずっと憧れていたキャラクターでした。担当編集のS様に本当に感謝です。ずっと書きたかった美少女を、思いきり書くことができました。そして、雪希のことも思いきり書くことができて、本当によかったです。

最後に、お世話になった皆様に、感謝を述べさせていただきます。

本作のために美麗なイラストを描いてくださったるみこ先生、いつも導いてくださる担当編集のS様、オーバーラップ文庫編集部の皆様、校正様、印刷所の皆様、この本の出版に尽力してくださった全ての皆様、そして、本書を手にとってくださった皆様、Ｔｗｉｔｔｅｒで見守ってくださる皆様――一巻の時以上の無限の感謝を込めて――

——心から、ありがとうございます！

作品のご感想、
ファンレターをお待ちしています

あて先

〒141-0031

東京都品川区西五反田 8-1-5 五反田光和ビル4階

オーバーラップ文庫編集部

「美月 麗」先生係/「るみこ」先生係

カメラ先輩と 世話焼き上手な後輩ちゃん 2

発　行　2022年5月25日　初版第一刷発行

著　者　美月 麗

発行者　永田勝治

発行所　株式会社オーバーラップ
〒141-0031　東京都品川区西五反田 8-1-5

校正・DTP　株式会社鷗来堂

印刷・製本　大日本印刷株式会社

Printed in Japan ISBN 978-4-8240-0182-5 C0193

オーバーラップ　カスタマーサポート
電話：03-6219-0850／受付時間 10:00～18:00（土日祝日をのぞく）